KB050151

도대체 이 안개들이란

시작시인선 0384 도대체 이 안개들이란

1판 1쇄 펴낸날 2021년 7월 1일
1판 2쇄 펴낸날 2022년 10월 4일
지은이 김왕노
펴낸이 이재무
책임편집 박은정
편집디자인 민성돈, 장덕진
펴낸곳 (주)천년의시작
등록번호 제301-2012-033호
등록일자 2006년 1월 10일
주소 (03132) 서울시 종로구 삼일대로32길 36 운현신화타워 502호
전화 02-723-8668
팩스 02-723-8630
홈페이지 www.poempoem.com
이메일 poemsijak@hanmail.net

ⓒ 김왕노, 2021, printed in Seoul, Korea

ISBN 978-89-6021-569-6 04810
　　　978-89-6021-069-1 04810(세트)

값 10,000원

도대체 이 안개들이란

김왕노

천년의 시작

시란
하얀 배꽃 휘날리는 밤에
내 배를 찔러
오른쪽으로 힘차게 긋는
할복의 칼날이다
단번에 죽지 않으면
시가 망나니가 되어
단숨에 내 목을 잘라 줄 것이다
시는 내 사는 이유고
시로 문신을 새기고
시를 뼈에 새기며 밤을 보낼 것이다
시가 내 부활의 무덤이자
치욕이며 내 영혼의 요람이다

*디카시집 3권 외 시작에서만 일곱 번째 출간이다
내가 주주로 있는
시작과 시작 식구는 늘 든든하고 믿음직스럽다

차 례

시인의 말

제1부 더 살롱 판타지아

서천

마음은 서천 꽃그늘을 찾아
한산소곡주에 취해 앉은뱅이꽃으로
여생을 보내도 좋다며 간다.
노을에 물들어 서천으로, 서천으로
들판에 푸른 달빛이 흐르듯 간다.
수십 량 그리움을 매단 장대 열차처럼
가다가 멈춘 곳에 삼꽃이 핀다.

아버지 그 후

우골탑을 쌓던 아버지
끝내 뼛골이 빠지도록 일하다가
한 마리 소가 된 아버지

살을 다 주고 사골도 푹푹 고아져
누구의 몸보신 된 후
피골상접했던 껍데기는 가죽이 되어
끝내 잘못도 없었던 생
북이 되어 신나게 두들겨 맞으며
세상 흥을 돋우네.

내게 속고 세상에 속아 북이 된 아버지
나도 모르게 북채를 들고
북이 된 아버지를 둥둥 치네.
아들아, 아들아 부르는 아버지를 치네.

흐르는 뼈

아버지 뼈도 거의 삭아 풀꽃을 키우려는
몇 줌 흙을 꿈꾸고 있을 것이다.
흙은 조상의 뼈가 땅에 묻혀 삭고 삭아져
정성스레 만들어진 것이라던 할아버지 말씀
뼈가 잘디잘게 부서져 뼈 강물을 이루어도
천 년에 한 치 흐를까 말까 하면서도
뼈 강물 위에 자운영, 질경이, 달맞이꽃,
할미꽃, 달개비꽃 피어 우리는 즐겁고
풀을 뜯어 먹는 소 울음이 부드러운 것이다.
나도 흐르는 뼈 강물 위에 꽃잎처럼 떠간다.
큰물 지지 않는 뼈 강물 위로 두둥실 떠간다.
지금 천 년 뼈 강물 위에 벼가 물결친다.
때로 꿈틀대며 뼈 강물이 용트림한다.

백 년 길

꽃잎 지며 하염없이 뒤덮는 길입니다.
이 길, 내가 백 년 길이라 이름 지었습니다.
봄이면 성능 좋은 지퍼같이 확 열리는 길
이 길을 가는 사랑이면 백 년 사랑
이 길을 꽃 걸음으로 가는 당신은 백 년 사람
이 길을 스치며 나는 새는 백 년 새
이 길가에 자란 무성한 가로수는 백 년 나무
이 길가에 피는 풀꽃은 백 년 풀꽃
유모차에 개를 태우고 유머처럼 오가는
백 년 할머니에게 또 백 년 세월이 오라고
이 길을 오가는 것마다 백 년을 더 얻어 주며
백 년 더 살기를 두 손 모아 기원합니다.

걸작

뭐 볼 것 있나요. 저 구경거리, 저 시커먼 수채, 부글부글 끓어오르는 하천, 저 적막의 종아리들, 저 쭉쭉 빵빵, 저 허당 후진하다가 낭떠러지로 떨어진 돼지, 뭐가 문제예요. 자동문 틈에 끼여 내장이 삐져나온 아침, 주검을 두고 뺑소니쳐 가는 하루, 뭐가 문제예요. 공기청정기에서 슬슬 풍기는 죽음의 냄새, 암 걸린 나무 암 걸린 새들, 유효기간이 끝난 사람들, 뭐가 흉측하고 뭐가 문제예요. 뒤죽박죽 걸작인 것을, 이판사판, 엉망진창, 아웅다웅 걸작 뭐가 문제고 뭐가 창피해요. 개와 흘레붙은 ×××, 뭐가

꽃 피는 어두

감정적 꽃, 감정적 별, 감정적 날벌레, 감정적 와인
감정이란 어두를 붙이면 뭔가 있어 보여
감정 설탕, 감정 고양이, 감정 나비, 감정 나무라고
감정을 붙여도 친밀감이 가고 낭만적 자본주의
낭만적 공산주의, 낭만적 수정자본주의 해도 좋고
낭만의 언덕, 낭만적 관계, 낭만적 새, 낭만의 바다
예쁜 순이, 예쁜 국가, 예쁜 이념, 예쁜 강물
예쁜 갈매기, 예쁜 절망, 예쁜 신혼, 예쁜 파혼 해도
어떤 것에 어둠을 걷어 낸 기분, 아나키스트마저
환호를 보낼 어떤 정부 같아 황홀도 어두로 붙이면
황홀한 생, 황홀한 블루스. 황홀한 현장, 황홀한 역사
어두에 그 뭣을 붙인다는 것은 말의 가지 끝에
꽃 피는 것과 같아, 사라지면 꽃 지듯 아프기도 해

코호트별에서

그대가 울기 전에 내가 먼저 울겠습니다.
그대가 아프려면 내가 먼저 아프겠습니다.
그대가 수수한 얼굴로 창밖을 바라보면
나는 쥐 죽은 듯이 가만히 있겠습니다.
내 몫의 목소리마저 버리고 그대 슬픔을 보겠습니다.
조금 슬프다면 조금 기뻐질 수 있으므로
그대의 슬픔을 받치는 꽃받침처럼 있겠습니다.

그대 마스크를 벗으면 그대 먼 곳에 있겠습니다.
나는 확진이나 무증상자일 수 있으므로
그립지만 그대에게 한 발도 다가서지 않겠습니다.
그대를 사랑하지 않고서
나를 사랑할 수 없다는 것을 이제야 깨달았습니다.
그대가 고열에 이르기 전 나 먼저 고열에 이르겠습니다.
목숨을 버리려는 각오 없는 사랑은 사랑이 아닙니다.

죽음 놀이

　자 죽음 놀이를 하자, 한 백 년쯤 죽자, 우리가 죽음 놀이를 할 때 세상마저 함께 죽어지내게. 우리가 죽은 체하면 우리의 아래도 죽은 체 네 아름다운 가슴도 죽은 체, 발랄하던 내 발끝도 네 혀끝도, 좀 더 리얼하게 죽은 체하는 것들을, 관에 넣고 땅땅 못 박는 소리를 들려줘도 좋고, 차라리 죽겠다고 말하며 살아 있는 사람도 놀이에 초대해 죽음의 극한 맛을 보여 줘도 좋아, 죽음 같은 세상에서 죽음 놀이한다고 세상을 비난하고 국민청원은 올라오고 악플이 달리고 그러나 우리는 죽음 놀이의 마니아. 죽어지낸 지 오래

　넌 이 놀이에 빠진 것을 후회해도 돼. 썩은 걸레처럼 여기 척 저기 척 몸을 걸쳐 놓고 숨죽이는 시간이 고통일 수 있어. 그러나 죽음을 알고 체험한다는 것은 사람이 성장하는 제일 빠른 길, 죽음 놀이하다 진짜 죽음으로 가는 경우가 백만분의 일 확률보다 적을 테지만 그래도 조심하며 꼰대가 엄마가 사회가 우리가 죽어지내기를 얼마나 바라냐. 리서치를 통하면 99프로가 찬성할걸. 자 그럼 너는 거기서 나는 여기서 우리 놀이를 하자. 즐거운 죽음 놀이를

보고 싶다는 말, 아무르, 아무르

그대는 지금 아무르 강변에 풀꽃으로 돋아 있나.
내가 준 상처를 아무르 아무르 하며 딱지 지기 바라나
네가 보고 싶을 때마다 입안에 굴리는 아무르
아무르 아무르 하면 내가 아무르 표범으로
비바람을 무릅쓰고 모든 경계를 타 넘고 밤낮 달려
수만 리 그대 곁으로 가 너의 먼발치에서
꼬리나 살랑살랑 흔들다가 아무르 아무르 울며
고독한 아무르 표범으로 운명을 달리해도 좋은데
아무르, 아무르는 네가 보고 싶다는 말
아무르 아무르 하며 음악에 맞추듯 발을 까닥거린다.

반가사유상

이 깊은 밤 고향 집 어머니는 반가사유상이다.
한때 정좌해 TV 드라마를 보시며
몇 초롱 목숨에 심지 담그시고
밤늦게까지 가물거리며 사위어 가시다가
지금은 허리가 아파 의자에 앉아
홀로 TV를 보시는 어머니
세상에서 가장 아름답고 유일한 반가사유상이다.
밤이면 뒤란에 별똥별 같은 감꽃 뚝뚝 져
탱화를 그리듯 수놓고 밤새 반가사유상을 지키는
누렁이는 잠을 멀리 두고 귀가 쫑긋하다.

H에게

푸른 나무 그늘 아래
한 줌 뼛가루가 된 당신을 뿌리며
우리는 흐느꼈습니다.

이제 마음껏 피어나라고
이파리로 꽃으로 돋아나
이제 정말 푸르고 푸르라고

한 줌 뼛가루가 된 당신을 뿌리고
손 탁탁 털고 흐느꼈습니다.

이제 당신의 시가 필 거라고
꽃보다 환하게 필 거라고

더 살롱 판타지아

안개가 자욱하나 더 살롱 판타지아 뿅 하는 새들이 날아
다니고

식초 방울 같은 울음이 뿌려지던 곳, 절망이 주렁주렁 익
던 곳

왕년의 무용담을 자랑하는 털보가 살고

기타 소리에 물 능금 익어 가면 우리는 헤픈 세월이 그리워

옷 단추 두서너 개 풀어헤치며 카세트를 틀고 놀았지만

남자는 강해지기 위해 샌드백으로 정권을 단련하는 것보다

사랑을 얻고 이념 서적을 파고들어

강한 정신을 가져야 한다지만 우리 눈동자

더 살롱 판타지아 창에 믿음이 사라진 채 새겨져 흔들렸지.

주둔군의 노래가 슬픈 더 살롱 판타지아

양공주 같은 거리에 벽안의 사내가 풍기는 누린내

근이 배기듯 배었지만 양키 고 홈 제대로 한번 외치지 못
했다.

이국인가 이 땅인가 모르는 틈바구니에 끼인

더 살롱 판타지아, 민들레 노란 꽃으로 피었다가 우산대에

찔리고 짓밟혀 죽은 금이의 봄은 잘 있는가.

마담은 관심 없는 듯하다가

눈길 살짝 보내 은밀한 수밀도 익는 침실로 이끄는가.

내 다시 한 번 가고 싶은 더 살롱 판타지아

언젠가 더 살롱 판타지아로 가서 독사같이 고개 빳빳이 세
우려고

그리움을 독사 혓바닥처럼 날름거린다.

인적이 뚝 끊긴 밤에 국가전복죄로 사형을 구형받더라도

우리 다시 통일신라의 하늘이 흐르는 모반의 날을 꿈꾸
며 외친다.

더 살롱 판타지아, 외가가 있고 외삼촌이 폐병을 앓는

뒤란에 먹감나무 꽃 뚝뚝 지는 더 살롱 판타지아

의기투합하는 친구와 모여 더 살롱 판타지아 지하에 숨
어들어

전단지를 만들며 핵을 만들고 싶었던 더 살롱 판타지아

모든 일을 일으키고 저지르고 싶던 더 살롱 판타지아의 밤
으로

자꾸 뒤돌아 가고 싶어, 더 살롱 판타지아로 소환되고 싶어

더 살롱 판타지아의 소녀, 더 살롱 판타지아의 사랑

더 살롱 판타지아의 사령부, 더 살롱 판타지아의 교회 뾰
족탑

더 살롱 판타지아의 좌절

더 살롱 판타지아로 오는 사람은 처음 봐도 낯익은 것 같

앉지

　나의 더 살롱 판타지아, 나의 더 살롱 판타지아

　아직도 내 몸에서 나는 더 살롱 판타지아에서 묻어온 백
합 냄새

　내 가슴은 더 살롱 판타지아의 추억으로 밀도가 높다. **빽
빽하다.**

　해원같이 먼 훗날 폐선 같은 내 늑골에

　더 살롱 판타지아를 향해 한 그루 두 그루 그리움이 자라나

　바람에 물결칠 때 더 살롱 판타지아를 향한 나의 가지도

　뚝뚝 부러지고 생 이파리 휘날리며 뿌리째 뽑힐 터

마스크의 계절

마스크를 쓰지 않은 개를 보면 불안하다. 마스크를 쓰지 않은 차를 봐도 불안하다. 마스크를 쓰지 않고 나는 비행기, 마스크를 쓰지 않고 달리는 기차는 더더욱 불안하다. 마스크를 쓰지 않은 사과도, 양배추도 불안하다. 마스크를 쓰지 않은 아래도, 모든 것은 제 나름대로 호흡을 하므로, 날숨과 들숨이 드나드는 구멍이 어딘가에 있으므로, 아아 옛날이여 하며, 비말을 자유처럼 휘날리며, 마음껏 대화하고 담론을 나누던 벤치가 그리우므로, 마스크를 쓰지 않은 정권도, 정치도 불안하다. 마스크를 쓰지 않은 별도 강대나무도 불안하다. 삶의 의미도 사랑도 그리움도 생존에서 오므로, 마스크가 생존을 보장하므로, 지금은 마스크의 한철, 마스크를 쓰지 않고 달려오는 새벽도 불안하다.

이곳에서 나는 마스크로 얼굴을 가린 범죄자처럼 불안하게 걸어간다.

벨기에산 사탕

벨기에산 사탕의 껍질을 벗기며 벨기에산 권총을 생각하며 벨기에산 총구를

목구멍에 들이민 순간을 생각하며 벨기에산 사탕을 입에 넣고

다 녹을 때까지 머릿속에 떠오를 벨기에산 빨간 딸기, 빨간 스카프

벨기에산 사탕이 입안에 녹아 가면 자꾸 궁금해지는 벨기에 밤에 내리는 비는

벨기에 창에 어리는 우수는, 벨기에의 사랑과 이별은, 벨기에의 빵 공장과

푸른 밤의 별은, 벨기에와 프라하 사이의 거리는, 벨기에의 푸른 눈동자는

벨기에 사탕이 입안에 녹아 가며 벨기에는 내게 스며들고, 난 벨기에에 중독되고

벨기에라는 말이 혀끝에 산송이같이 피어나고, 봄 이외에는 흐리고 습하다는

한번 가 보지 않았지만 벨기에의 바다가 그립고 자꾸 호외처럼 휘날리는 벨기에

>

벨기에 사탕이 녹으면, 내 영혼이 다 녹아내릴 것 같은데

여름밤

구시렁, 구시렁
비 내리는 밤
부스럭, 부스럭
기억을 뒤지면
하지감자
한 자루 이고
아리랑, 아리랑 고개
홀로 넘어오는
비에 젖은 어머니
꼬르륵 꼬르륵
배고픈 내게
감자 쪄 주려고
서둘러, 서둘러
오시던 어머니

너를 사랑할 수 없어 나를 사랑하였다

이팝나무 가로수에 꽃송어리 고봉으로 넘칠 때
너를 사랑할 수 없는 나는 나를 사랑하였다. 손톱을 깎고
머리를 깎고 거울 앞에 서서 너에게 보여 줄 수 없는 나를
오래 바라보며 너를 사랑할 수 없어 나를 사랑하였다.
너에게 들려줄 수 없는 노래를 나를 사랑한다며
나에게 들려주었다.
너를 사랑할 수 없으면 장미를 닮은 카르멘, 요정 같은 M
누구를 사랑할 수 있으나 그것은
너를 사랑하는 것이 더더욱 아니므로
나는 네가 사랑하지 않는 나를 홀로 사랑하였다.
나를 내 사랑아, 부르며 애절하게 사랑하였다.
나를 내가 사랑하면 내가 사랑하는 네가 되는 기적이 올까
내가 나만 사랑하면 질투에 이글거리는 눈으로
네가 내게 달려올까 나는 풋사랑처럼 나를 사랑하였다.
너를 사랑하려는 연습처럼 내가 나를 사랑하였다.
네가 사랑해 주지 않는 나를 내가 오래 사랑하였다.
끝내 너를 사랑할 수 없어 나를 미치도록 사랑하였다.

참회록

나는 나와 관계없다 외면해 버린 모든 것에
용서를 비는 참회의 문장이다.
내가 꽃에 수평선에 구름에 개울에 소홀했던 것
관심 밖에 둔 만큼 내가 관심 밖으로 밀려났던 것을
내 몫이라 자청하며
내게 밀려드는 샛강에서 피어난 자욱한 안개도 몰랐다.
나를 찾아왔다가 내 부재로 사라져 간 지붕 위에 떨어
진 빗방울
내가 밑줄 그어야 할 세상의 모든 진실한 문장도 몰랐다.
그것은 누구의 잘못도 아니고 문외한인 내게 있다는 것을
배꽃 분분히 휘날리는 밤에 단지로 일 획의 혈서를 쓰
고 싶구나.
관점 하나만 바꿔도 모든 것이 달라져 보인다는 세상
내가 세상 밖으로 밀려난 것은 내가 세상 중심을 밀쳤
던 것
무엇을 버린다면 내가 무엇으로부터 버려진다는 것을
뭔가 버리거나 소비했으므로 내가 여기 이른 것을
하여 나는 결국 참회록 한 권으로 남을 것이다.

제2부 아도니스를 위한 연가

목련

할머니가 마당에 고이 심으시고
징용 간 후 소식 없는 할아버지를
하나둘 목련을 세며 해마다 기다렸다.
어머니도 목련을 보며 타관에 일 간
아버지를 하루하루 기다리며 늙으셨다.
목련꽃 사이사이로 지나가는 낮달이
별이 얼핏얼핏 보이고 나도 목련 필 때
내 사랑도 피기를 기다렸다.
피지 않는 사랑을 기다리다 지친 나를
골똘하게 바라보던 목련이 뚝뚝 졌다.
누대의 슬픔이 뚝뚝 지고 있었다.

벌레

그저 우리 벌레가 되자.
풀잎 하나만으로도 호의호식하는
물방울 하나가 평생 우물이 되는
더듬이 하나만으로도 서로를
더듬으면 우주에서 가장
찌릿찌릿한 전기가 통해 까무러치는
명분이고 체면이고 없이
우리 이대로 손잡고 잠들었다가
갑충도 좋지만 푸른 애벌레가 되자
서로 앞서거니 뒤서거니
사랑의 괄약근으로 이완과 수축도 하며
우리의 날개가 돋는 풀잎 끝으로 가자.
그저 우리 마른 껍질 남기고
푸른 하늘 속으로 들어가서
영영 종적을 감추는 벌레나 되자.

파란만장한 것들과 모여

바람에 몸 가누지 못하는 저 풀은 파란만장하다.
풀이 피운 풀꽃도 파란만장하다.
꽃을 찾아오던 모시나비 한 마리도
아직도 꽃으로 오지 않았으니 어디서 파란만장한지

나도 파란만장한 세월에 뜬 일엽편주로
파란만장하게 흔들렸으므로 더 단단하게 굳은 뼈

파란만장하므로 풀뿌리는 더 질겨지고
파란만장하게 바람을 헤쳐 오는 모시나비라 더 아름답고

파란만장으로 흔들리므로 강철의 척추를 가지는
파란만장한 것들아, 혈육같이 다정한 파란만장아

파란만장하므로 몸을 스스로 가누는 파란만장한 세상에서
풍속이 세지고 풍향을 몰라 더 파란만장해도
파란만장한 것이 모이면 파란만장도 파란만장이 아니므로

우리는 오늘도 파란만장하게 또 어디로 흘러가고

푸른 그래픽

말 울음 푸른 우리의 아침은 오지 않는다. 천군만마를 길러 북진의 나팔을 울릴 세월은 오지 않는다. 천고마비의 계절이 오면 북벌의 꿈이 청대 숲을 이뤄야 하나 우후죽순의 날은 오지 않는다. 슬로비디오로 흘러오는가. 오지 않는 세월을 기다릴 때 오지 않는 세월은 어디서 창파에 배 띄워 흘러가나. 현실은 오를 수 없을 정도로 가파르다. 언덕에 올라 푸른 세월을 가늠하며 먼 곳을 오래 바라본다. 오라 할 수 없는 세월, 오라 해도 오지 않을 세월, 올지도 모를 세월이라 기다림은 참 오랜 침묵이다. 광야에 새벽 닭 울음 울려 퍼지듯 인기척만 있어도 우리는 안심하며 꿈을 촘촘히 짜는 것, 아직 푸른 말 울음 들려오지 않는다. 어둠만 짙어져 막장 같은 날이다. 절망의 껍질만 더 거칠고 두꺼워진다. 미래는 쉬 늙어 간다. 그러나 수많은 기다림이 지난 후 백골이 되더라도 하악골을 딸깍거리며 말 울음 푸른 아침이 그립다 할 것이다. 그런 날 올 거라는 약속처럼 풀잎 끝마다 맺히는 새벽이슬, 이슬

아도니스를 위한 늦은 연가

아도니스, 물기 젖은 네 긴 머리카락을 보고 싶구나.
사랑은 늘 악마의 질투를 받는지 사랑할수록 더 멀어지는
모순을 가졌구나.
아도니스, 밤이 깊어 갈수록 못 견디게 그리워지는구나.

산다는 것은 애초부터 그리움의 일이라고, 모든 인간관계는
그리움이란 물질로 이어졌다고 수령 몇백 년 고목이 뿌리
로 자라는 것 같지만
전생에 두고 온 누군가를 향한 그리움으로 뻗친다는 것을
우리가 꽃을 가꾸는 것은 그리워하다가 헛헛해질 때마다
꽃을 보려는 것
그리움에 공식도 해결 방법도 없어 아도니스, 하여 오직
그리워할 뿐

내가 세상에 나와 처음 배운 것은 물고기를 낚는 법이 아
니었다.
아도니스, 그리운 쪽으로 가는 걸음마였다.
넘어지면 다시 일어나 손 탁탁 털고 그리운 엄마에게 가는
것이었다.

>

　아도니스, 내가 군 생활 때 무장 구보로 입에 단내 풍기며 뛰던 이유는

　적진 깊이 들어가 공용화기조인 내가 M60 자동화기를 난사하고 싶은 것이 아니었다.

　엄마에게 달려가 무장해제하고 엄마 무릎을 베고 푸른 하늘을 보려던 것

　뒷집 순이의 환한 오줌 소리를 들은 후 몽정의 밤으로 가려던 것

　아도니스, 탈것이 발달할수록 그리운 것이 왜 더 아득한지

　한달음에 달려갈 거리였는데 왜 이리 불가한지

　아도니스, 심리적, 현실적 거리감이 있지만 왜 여전히 먼 아도니스인지

　가뭄으로 수천수만 포기 그리움이 타 버린다.

　태풍으로 수천수만 그리움이 뿌리째 뽑히거나 수천 톤 낙과로 처참하다.

　아도니스, 그렇다고 포기할 그리움이 아니다. 그리움이 없는 별이란

말은 인류에게 끔찍한 일, 그리움이 있기에 외계인이 꿈
꾸며 출몰하는 별이다.

아도니스, 거대한 공장을 차려 질 좋은 그리움을 대량
생산해도
　그리움은 그리움일 뿐이지 쉽게 만나는 것이 아니다. 그
리움은 수제품인 것
　아도니스, 우리 문명의 원동력은 그리움이었다. 등불은
등불로 밝혀
　그리운 곳으로 가거나 그리운 사람을 기다리려고 발명
하였다.

아도니스, 때로는 적 전차처럼 무한궤도로 거침없이 네
게 달려가고 싶지만
　그것은 그리움의 예의가 아닌 것, 그리움도 뜸 드는 시간
이 있어야 하는 것

아도니스, 지금은 싸리꽃 피는 한철, 멀리서 밀원을 따
라와 꿀을 채취하는
　인중이 긴 성자 같은 K, 그가 밀원을 따라 떠도는 이유

도 꽃에 대한 그리움

그가 꽃이라 불렸던 한 여자 때문인 걸 안다.

극한 상황에서도 끝내 목숨을 버리지 않는 이유는 그리
움 때문이다.

그리움에겐 그리움이란 순수뿐이다.

아도니스, 너를 부르는데 푸른 별들이 더욱 반짝인다.

아도니스, 목숨을 태우더라도 너를 향해 날아가는 밤 비
행기를 꿈꾼다.

전갈

 전갈은 좋다. 전갈이 오거나 전갈에 물리면 몸이 찌릿찌릿하다. 죽을 정도로 전갈이 자극적일 때도 있다. 전갈을 보내는 것도 그리 쉽지 않은 것, 전갈이 내게 온다는 것은 사막 하나 정도 지나서 오는 것, 밤이슬에 흠뻑 젖어 오는 것, 귀할 수밖에 없는 전갈, 전갈좌 아래서 네 전갈을 기다리는 밤이 찰랑대며 밀물처럼 밀려오는 계절도 있었다. 전갈이 왔으면 좋겠다. 치사량의 독을 품고 와 내 명줄을 물고 끊어도 좋다. 가도 가도 그리운 전갈, 머리를 긁적이며 만사 제쳐 놓고 읽고 싶은 전갈, 살고 살아도 그리운 전갈

울지 않으려고

울지 않으려고 운다고 합니다. 울음을 바닥내려고 운다
고 합니다. 더 이상 절망하지 않으려고 절망한다고 합니다.
이보다 더 큰 절망은 없다며 절망한다고 합니다.

나는 파란만장이었습니다. 파란만장이어도 더 파란만장
하기를 파란만장의 끝에 닿도록 파란만장에서 파란만장으
로 갑니다. 파란만장할수록 파란만장은 익숙해져 파란만장
이 아니었습니다.

넘어지니 또 넘어졌습니다. 넘어지다 보니 넘어져 일어
나는 방법도 생겼습니다. 넘어지는 것이 낙법인 듯 넘어
지자 곧 일어났습니다. 당신이 나를 버린 후의 일입니다.

굿모닝 블랙홀

흡입의 충동이 네 안에 빽빽하다. 그러나 굿모닝 블랙홀, 너와 거리를 좁히고 싶다는 감정은 금물, 네 반경에 접어들면 올 몰락이란 참사, 너는 불가사리의 변형, 거대한 아가리가 몸과 속이 다 위장인 블랙홀, 그래도 굿모닝 블랙홀, 허공의 싱크홀인 블랙홀, 거대한 흡입력을 가진 굿모닝 블랙홀, 빨려 들면 헤어난다는 것은 불가해, 내 존재란 네 안에서 짜부라질 대로 짜부라질 티끌, 내 본질이 먼지였음을 자각시킬 굿모닝 블랙홀, 모호한 것이 생이고 사랑이고 청춘이라지만 네 안으로 빨려 들면 확실시되는 가벼운 존재란 실체, 블랙홀이 화이트홀로 몸 바꿈하여 우리가 환원될 때까지 우리는 미미한 존재, 그래도 굿모닝 블랙홀, 반동의 힘을 얻을 밑바닥이 있을 거라는 것, 원점으로 돌아올 방편이 결국 너에게 있을 거라는 믿음. 굿모닝, 굿모닝 블랙홀, 절대 포기하지 못하는 우리에게 네가 우리의 절망일 수 없어, 굿모닝 블랙홀, 블랙홀이라 불러 보는 가공할 만한 파괴력을 가진 너를 향한 그리움

갑충 날갯짓하다

어어 자고 일어나니 난 그레고르 잠자, 벗어 버릴 수 없
는 등딱지, 누구의 관심을 끌지 못하는 버둥거림, 어어 혀
가 꼬이고 얼굴이 사라지고, 사지가 사라지고, 다리가 여
섯 개, 더듬이 한 쌍, 이 기적의 소식을 더듬이를 꼼지락거
려 텔레파시로 날릴 하늘이 다락방 위로 흐르고, 어어 자고
일어나니 그레고르 잠자, 가난한 날을 외판하러 나갈 골목
에 양귀비꽃이 붉게 피었다는데, 구두 밑창을 닳게 하던,
두드려도 열리지 않는 무수한 문이 있던 골목에 청소차 지
나가고, 문밖에 내놓은 음식물 쓰레기 같은 날도 사라졌다
는데, 난 여전히 버둥거리는 그레고르 잠자, 한 마리 갑충

세일즈맨의 죽음에 나오는 윌리 로먼은 아직 이야기 줄
거리 속에서 죽지 않았을 텐데 난 그레고르 잠자, 필사적으
로 버둥거리는 갑충, 완전범죄로 알려진 사건의 전말이 드
러났다는 신문 기사에 시선이 들끓는데, 난 시선의 그늘에
서 죽어 가는 그레고르 잠자, 한 시대의 부산물, 어어 말이
사라지고, 내가 사라지고 난 한 마리 갑충, 멸시와 경악 속
에 버려질 갑충, 그러나 끝없는 이 버둥거림, 한때 내게도
피 붉은 청춘이 있었다. 새 운동화를 신고 산책을 나서, 길
가의 꽃과 솜털 뽀얀 소녀와 마주친 적이 있었다. 아비규

환의 오월을 지나 귀가하려 탄 막차도 있었는데 난 자고 일
어나니 그레고르 잠자, 난 갑충 한 마리, 어어 이것은 내가
원하던 바가 아니야, 그러나 나는 갑충, 버둥거리는 갑충

　가족은 모두 소풍 나가고 난 죽어서 비로소 날아 오른다.
죽음 속으로 가볍게 날아 오른다. 난 그래도 그레고르 잠
자, 죽어도 등딱지를 벗어 버릴 수 없는 갑충 한 마리, 온
몸에 검은 관이 뒤덮인 갑충 한 마리, 그래도 잊지 마, 난
그레고르 잠자

눈물 밥

눈물로 밥을 지었습니다. 된장 뚝배기에도 눈물 간이 버들치처럼 돌아다녔습니다. 오늘도 어머니를 생각하며 나는 눈물로 고봉의 밥을 지었습니다. 눈물의 밥이 뜸 들 때까지 어머니가 지어 주셨던 눈물의 밥, 찰기 흐르던 고봉의 밥을 생각합니다. 어머니 청춘을 뚝뚝 분질러 넣은 불로 밥을 짓던 어머니, 어머니 눈물 밥이 그리울 때 어머니처럼 눈물로 밥을 짓습니다. 어머니가 새벽 부뚜막에 백 년 우물물을 정화수로 떠 놓고 먼 타관 공사판으로 떠난 아버지의 무사를 눈물로 빌었듯이 내 군대 생활 내내 촛불처럼 사위어 가며 나의 무사를 눈물로 빌며 눈물 밥을 지으셨듯 눈물 밥을 짓습니다. 내 눈물 밥이 어머니 눈물 밥의 경지에 이르기엔 한참 멀었지만 눈물로 밥을 짓습니다. 밥이 뜸 들 때까지 어머니를 한참 웁니다.

내 누이 민주

저 새파랗게 열린 하늘이 뭐 필요하랴.
오늘 밤 별똥별이 쏟아지며 보여 주는 우주 쇼도
샛강에서 튀어 오르는 싱싱한 물고기도
우리의 누이, 민주가 시름시름 앓고 있다.

수레국화 가득 핀 언덕에서 후투티가 노래했고
연못엔 노란 어리연꽃이 촛불처럼 타오른다.
돌확에 고인 물에 새겨지는 천 년의 풍경 소리
그런데 말이다 우리의 민주, 어린 민주가 아프다.

얼음장 깨지고 드릴처럼 언 땅을 뚫던 뿌리에서
싹이 돋아나는 해빙기의 아침인데
내가 의사라면 어떻게 해 볼 것인데 내 눈앞에서
우리의 누이, 민주가 시름시름 죽어 가고 있다.

사랑아 내 사랑은 클래식한 것이 아니어서 미안하다

사랑아, 내 사랑은 클래식한 것이 아니어서 미안하다.
거친 초원을 내닫는 초식성 동물 같아서
높은 산맥을 넘어가는 야크의 굽 같아서
밤새 야크의 등허리에 내리는 눈 같아서 미안하다.

사랑아, 내 사랑은 클래식한 것이 아니어서 미안하다.
오후의 카페에 앉아 추억 몇 스푼을 탄 커피를 마시며
호수에 새겨지는 구름이나 새의 깃을 읽는 것이 아니어서
낭만의 편지를 쓰는 것이 아니어서 사랑아. 미안하다.

사랑아, 내 사랑은 클래식한 것이 아니어서 미안하다.
마차를 타고 방울 소리 딸랑이며 언덕을 넘어가지 않고
징검다리 건너서 미루나무 숲을 지나
신발 흙탕물에 젖어 가는 내 사랑이어서 정말 미안하다.

사랑아, 내 사랑은 클래식한 것이 아니어서 미안하다.
월광곡을 소녀의 기도를 은파를 듣기보다
흐린 창을 열고 낙숫물 소리를 들어서
서럽도록 짙은 풀벌레 소리나 들어서 미안하다. 사랑아
미안하다.

\>

사랑아, 내 사랑은 클래식한 것이 아니어서 미안하다.
반 고흐의 별이 빛나는 밤을 보며
성호를 긋는 것이 아니어서
그냥 밤하늘 초롱초롱 별을 보며 그리움 못 견뎌 눈물 글썽거려 미안하다.

사랑아, 내 사랑은 클래식한 것이 아니어서 미안하다.
이념 서적을 넘기며 밑줄 긋기보다
길가의 민들레꽃이나 푸른 사과를 바라보며
1번 국도 어딘가 있을
깻잎 같은 추억을 찾는다고 두리번거려 미안하다.

사랑아, 내 사랑은 클래식한 것이 아니어서 미안하다.
창가 아래서 아리아를 부르기보다는
어느 시인처럼 패, 경, 옥 그리고 명자꽃 누나 수국꽃 동생
칡꽃 이모 싸리꽃 고모라 부르는 것이어서 미안하다.

사랑아, 내 사랑은 클래식한 것이 아니어서 미안하다.
와인을 마시기보다는 한 사발 막걸리
포크와 나이프로 청춘을 썰기보다는 숟가락 젓가락으로

늦은 밥상 앞에 앉아 미안하다. 사랑아, 그래서 미안하다.

미안하지만 사랑아, 네가 곁에 없어야 너를 내 사랑이라
부른다.
곁에 있으면 수줍어 부르지 못하지만 네가 없을 때에야
더욱 다정하게 불러 미안하다. 잉걸불 가슴으로 불러 미
안하다.
상처 입은 짐승처럼 밤하늘을 향해 우우 불러서 미안하다.
그렇게 내 사랑은 촌스러운 것이어서 사랑아, 정말 미안
하다.

사랑아, 내 사랑은 늘 클래식한 것이 아니어서 미안하다.

항법 장치

당신을 향해 켜 놓았습니다.
내가 잠들더라도 당신을 향해 날아갑니다.
당신은 내가 갈 거라며 삼나무 숲에서 나와
닭에게 모이를 주고 산딸기를 거두고 계십니까.
내가 갈 거라 알아서 저무는 처마 끝에
등 하나 내걸고 마음의 심지 돋웁니까.
내가 깨어 있더라도 잠들더라도 운명처럼
난 당신에게로 끝없이 날아가고 있습니다.
무엇 하나 켠다는 것은 영혼을
누군가에게로 완전히 돌려놓는 것과 같습니다.
나 이제 당신에게 가는 일뿐입니다.

검은 사이트의 밤

이런 밤에는 자살 사이트가 수없이 열리고 글루미 선데이가 흐른다지.

성인 인증을 받고 검은 사이트로 가야 한다.

바람이 살다 간 이 거리를, 끝없이 걸어 보던 논두렁 밭두렁 길을, 이제는

전생이었다며 이 거리를 등진 이름이 그곳에서 살고 있을지 모르므로

검은 울음을 하얗게 씻고 설거지하고

그리움을 검은 솥에 안치고 지금은 불 때고 뜸 들이고 있을지 모를 일

정말 이런 밤에는 말미잘같이 수없는 자살 사이트가 열리고

누가 검게 울며 글루미 선데이를 듣고 또 듣고 있다지.

혼자 깨어 있는 생은 끝없이 쓸쓸하고 떠나간 사랑으로 인해 검게 운다지.

한 사람은 가고 한 사람은 남아 상처 입은 짐승으로 검게 울 사이트로 간다.

그곳엔 식은 밥상 같은 밤이 지나고 검은 새벽이 오고 있을지 모를 일

>

아 정말 이런 밤에는

검은 사이트가 수없이 열리고 글루미 선데이가 강물보다
더 깊게 흐른다지.

검은 별이 빛나는 그곳으로 가야 한다.

검은 애월이 있고 검은 유채밭이 있고 검은 태양이 이글
거리고

난 검은 조랑말로 그믐을 뒷발질하러 가야 한다.

그곳엔 검은 애월의 까마귀가 나를 기다려 붉게 울고 있
을지도 모를 일

수국이 시든 후

수국이 시든 후 비로소 우리의 마음이 각자라는 것을 알았다. 수국이 피자 아버지는 저 봐라, 어머니가 올해도 수국으로 오셨다 하셨고 수국이 시들자 무정하게 어머니 떠난다며 아쉬워 술을 드셨다. 수국이 피자 누나는 월남 참전 후 고엽제 환자로 자형이 돌아가신 해 유난히 수국이 하얗게 피었다며 흐느꼈다. 나는 수국꽃 피면 고교 때 육상대회 나가는 새벽, 장을 비우고 나가야 함에도 찹쌀밥을 수국 꽃 송어리처럼 고봉으로 담아 주며 잘 뛰고 오라는 어머니 간곡했던 말씀 떠올라, 배가 부른 내가 바통 터치할 때 돼지처럼 엄청 씩씩거렸다고 놀리던 친구도 생각나. 수국꽃 하나 피고 지는 데도 수국꽃을 바라보는 시각도 각자 달라, 수국을 바라보는 의미도 달라, 해마다 수국이 피고 지면 마음도 색 바래지거나 조금 삐꺽거리기도 할 텐데, 수국이 피기를 모두 간절히 바라고 지지 않기를 바라는 마음은 한결같으나, 수국이 시든 후 곰곰 생각하면 아무튼 속마음이 각자 다르다는 것을 수국 하나를 두고도 갈래갈래 생각인 것을, 하나 모두 아름다운 생각인 것을

어머니는 마트료시카

땅을 열고 마트료시카 어머니를 넣고 닫았다.
닫히는 땅 안에 닫힌 어머니 안에 어머니
어머니 속에 닫힌 또 어머니
땅을 열고 수천수만의 어머니를 닫고 묻었다.

언제 땅을 열고 닫힌 어머니를 열고
닫힌 어머니 속의 어머니
닫힌 어머니를 꺼낸다고 하루해가 가나

산다는 것도 어머니처럼 내 안에 닫힌 나를 넣고
닫힌 내 안에 또 닫힌 나를 넣는
수없이 작아지는 나를 넣고 넣는

어머니는 마트료시카, 어머니 죽음이라니
땅을 열고 어머니 안에 닫힌 어머니를 넣고 넣어
잠깐 땅을 닫아 두었을 뿐

제3부 도대체 이 안개들이란

소나기마을

언젠가 소나기마을에 가서
작은 풀꽃처럼 살자
작은 벌레처럼 살자
내가 작아져야
넓은 세상이 되는 것
내가 커진다는 것은
세상을 좁히는 것
소나기마을에 가
작은 소년 소녀처럼 살자
작으므로 이슬 같은 사랑
별보다 더 큰 사랑이니
엄마야 누나야
강변 살자 노래 부르며
우리 소나기마을에 가 살자

마라탕을 끓이는 저녁

식물인간 그를 생각하며 마라탕을 끓이는 저녁입니다.

자꾸 잠 속으로 잔뿌리를 뻗어 식물성 꿈이 그에게 무성한 시간

갈대숲을 떠났던 되새 떼가 쏜살같이 돌아오는 시간

물봉선화 마지막 송이가 시드는 시간, 손을 풀뿌리같이 하얗게 씻고

돼지 간을 썹니다. 버섯을 다듬습니다. 그의 식물성 잠을 지키며

꾸벅꾸벅 조는 노모의 곰삭은 백 년 사랑도 잘게 채 썹니다.

얼큰한 마라탕 향기가 그의 후각을 자극해

깨어날 수도 있으므로 강불로 마라탕을 끓이는 저녁입니다.

마라탕을 끓이는 저녁, 뻣뻣했던 마음도 마라탕에 넣은 면처럼

이제 서서히 풀리기를, 그도 식물성 잠을 툭툭 털고 일어나

별빛이 삭삭 앏은 보름달 같은 접시를 들고 와 식음 전폐한 날을 접고

마라탕으로 기운 차리기를, 마라탕이 끓으니 그의 추억도 끓습니다.

잃었던 저녁도 돌아와 들끓지만 그만 돌아오지 않는 저녁입니다.

알바트로스

알바트로스가 날았으면 좋겠어. 홍방울새도 되새도 아니고 군무로 벼락 치는 소리를 내는 가창오리 떼도 아니고

세상에서 가장 큰 새 신천옹이라 불리는 알바트로스, 신천옹이 나는 하늘, 알바트로스가 나는 하늘 하면 얼마나 어감이 좋은가. 내 속에 날아든 알바트로스가 좁아터진 내 머릿속을 수천수만 평으로 넓혀 가는

알바트로스가 날았으면 좋겠어. 먹이를 얻기 위해 크고 우아한 날개를 접고 차디찬 바다에 몸을 내리꽂는 가차 없이 던지는 삶의 본질이 무엇인가 보여 주는 알바트로스가 나는 하늘

먼 바다에서 살기에 날아온다 해도 너무 먼 새 알바트로스, 날아와서 내 꿈을 낚아채도 좋은데 아무리 생각해도 내게서 너무 먼 바다, 너무 먼 새라 더 그리운, 애절한

불멸의 사랑

저만큼 아름다운 사랑을 본 적 없다.
내장을 비우고 속도 비우고
사람 북적대는 시장에서
눈치도 뭐도 없이 누구나 보는
어물전 좌판 위의 엽기적인 사랑
더 이상 물 가지 말라고
짜디짠 막소금 척척 뿌려진 몸으로
유채꽃 노랗게 핀 달밤
춘정을 못 이긴 수컷 조랑말이
푸르릉대며 암컷 뒤로 올라타
말똥 냄새 나는 사랑을 진하게 하듯
고등어 한 손의 사랑
죽음을 넘어선 후배위의 사랑
꿈을 쭉쭉 사정하는 사랑
불멸의 몸에 불멸의 몸을 새기는 사랑
결코 잊을 수 없는 저 비린 사랑

도대체 이 안개들이란

시도 때도 없이 이 도시에 안개가 자욱하다.
불확실의 대명사, 안개에 갇혀 발길이 느려지거나
처음 온 듯 사방이 낯설어져
벽을 짚고 서서 불안으로 울먹이는 사람도 있다.

백색 가루와 연대를 이룬 듯 몽환적이나 무력 군단으로
끝없이 침투하는 안개의 계엄군이여.

안개가 자욱하게 끼었다 걷힌 후에는
안개가 안개의 수갑을 채우고 가 버렸는지 사라진 사람이
있었다.
사랑을 약탈해 가 버렸는지 안개가 걷힌 미루나무 숲에서
안개에 젖은 몸으로 뭔가를 찾아 날 선 풀잎에 종아리가
베여
피가 흐르는 것도 모른 채 헤매던 영문과 출신 누나도 있
었다.
안개는 먼발치의 샛강에서 몽환처럼 피어나야 한다.
안개는 스스로 실체를 밝히며 물고기 풍덩 뛰는 샛강을 지나
풀물 들이듯 서서히 물들이며 와야 한다.
안개가 가진 폭력성은 안개가 걷힌 후 여기저기 충돌로 부

서진 차와
　새롭게 작성된 실종자의 명단으로 알 수 있다.

　나의 추억엔 온통 안개가 자욱하다.
　안개가 내린 함구령에 굴복하여 천천히 안개로 변해 가
던 몸뚱이
　안개의 작은 미립자가 되어 흩어지던 꿈
　내 등뼈를 따라 안개의 이파리가 돋아나 파닥이기도 했다.
　나는 안개의 속도로 천천히 안개의 무리가 되어 갔고
　안개에 둘러싸인 것이 두려워 한때는 울음을 터뜨렸으나
　안개에 젖은 눈으로 안개에 뺏긴 넋으로 안개 중독자가 되
어 갔다.
　안개의 힘을 믿었고 안개의 나라를 꿈꾸었다.
　누가 안개의 미립자로 흩어져 사라지는 것조차 몰랐다.

　나는 소스라치게 놀라며 사방을 휘둘러보며 중얼거린다.
　도대체 이 안개들이란
　안개에서는 죽은 사람들의 냄새가 난다.
　안개로 인해 우리는 얼마나 많은 무덤을 만들었으며
　비문을 새겨야 했던가.

나는 오리무중 밖으로 안개 지대를 지나 충분히 왔다 했으나
아직 안개에 젖어 있다.
안개를 피해 지병을 앓는 사람처럼 먼 지방으로 가야 한다.

이곳에 뜨는 안개에 젖은 해와 별, 안개에 젖은 관공서가
아직 익숙치 않다.
지금도 나는 저 완강하고 강력한 안개가 두렵다.

나는 중얼거린다. 도대체 이 안개들이란

밀화부리

때가 되었으니 가리라. 불씨 하나 챙겨 백 년 밤을 꼬빡
새워서라도 가리라

묵정밭에 불을 댕기면 수천 평 땅을 내주는 강가에서 구
석기 움막을 짓고

밀화부리 노래에 흥겨워 어깨 들썩이며 콩 농사를 지으
리라.

밭가에 옥수수도 심고 무작정 나를 따라나선 사람과 강물
보다 깊은 태몽에 젖어

콩꽃 필 무렵 밀화부리가 한배의 새끼를 칠 때 나도 새벽
닭 울음소리같이

고고성을 울리는 아이를 낳고 기쁨으로 전율하며 탯줄을
강심 근처에 묻으리라.

나 이니스프리로 가듯 때가 되었으니 밀화부리 나는 강
가로 가리라.

엄마야 누나야 강변 살자 노래하며 강가로 가 그간 고삐
매어 놓았던 꿈을

푸른 강물에 띄우고 죄에 물들었던 손 강물에 씻으며 파
란만장했던 날도

일엽편주로 꽃잎같이 강물에 띄우리라.

나 밀화부리 나는 곳으로 돌아가리라. 노랗게 물든 강가

의 미루나무 꼭대기에 앉은

　밀화부리가 저물 때까지 나를 부르는 곳으로

　이제 때가 되었으니 떠나가리라. 누대로 강과 살러 혼자
라도 떠나가리라

5월의 경전

경전은 오동나무 경전이 최고지
해마다 할아버지 말씀
북벌하고 왜를 수장하라는 오래된 말씀
민족의 대과업에 대한 말씀
보랏빛 오동나무 꽃으로 뚝뚝 져 수놓는
마당은 새벽부터 펼쳐지는 경전이네

할아버지 이 좋은 봄날 창을 하며
저승길, 꿈이 아지랑이로 아질아질한 길
입주 한잔하시고 어깨춤도 추시며
허랑방탕하게 가셔도 좋은데
보랏빛 오동나무 꽃 말씀으로
까마득한 오동나무 가지 끝에서 뚝뚝 져
오늘도 또박또박
천 년의 경전, 오월의 경전을 쓰시네.

꽃잎의 장례

문득 숲에 들었다가 엄숙한 꽃잎의 장례를 본다.
분분히 휘날리는 꽃잎을 햇살이 염하고
바람이 조용히 안고 숲에 한 구 두 구 누이는 것을
곡비를 자청해 새는 숲이 흔들리도록 울고
나는 숲에 못 박힌 듯 오래 서서 두 손을 모았다.

유추프라카치아를 아십니까?

네가 내 뺨에 입술을 댄 후 나는 시들시들해져 간다. 들불처럼 목숨이 조금씩 타들어 간다. 내가 네 입술의 달콤함에 뜨거움에 놀라고 나는 너라는 손을 탔다. 나는 죽어 가는 유추프라카치아, 결말이 나 버린 유추프라카치아, 나의 춤사위는 죽음의 춤사위, 나의 휘몰이는 죽음의 휘몰이, 내 그림자는 죽음의 그림자

나는 미지의 유추프라카치아, 하나 너라는 치명적인 손을 탔어. 이제 내 영혼의 호흡은 마지막을 향해 치달을 것이다. 내 시는 유서일 것이다. 숱한 별은 나에게 조문 온 별, 파닥이는 나무 이파리의 소리, 버들치 파닥이는 소리, 개울물 소리, 물총새 소리는 레퀴엠. 하늘 변죽을 두드리며 멀리 사라지는 우레는 선소리, 세상 모든 꽃은 꽃상여를 꾸민 꽃

하나 나는 서서히 백 년 동안 죽어 가는 유추프라카치아, 너의 첫 터치 후 또다시 터치할 기적이 올 수 있으므로 절망의 배에서 희망의 배로 갈아타려는 나는 유추프라카치아, 나의 뿌리는 나의 세포는 나의 잎은 나의 꽃은 너를 향한 기다림으로 다시 싱싱해. 저 길고양이도 나와 기다림을

함께 해 주는 고양이, 끝물이 온 벌판도 나와 기다림을 같이 해 주는 벌판, 나와 기다림을 같이 해 주는 성황당 고개의 물봉선화

　유추프라카치아를 아십니까. 손을 한번 타면 그때부터 죽어 간다는 꽃, 처음 손을 댄 사람이 계속 만져 주면 죽지 않는다는 비밀이 최근에 밝혀진 꽃, 이 세상 모든 사람이 유추프라카치아라는 것, 누구는 지상에 없는 허구의 식물, 가공의 식물 미모사라지만 분명한 것은 결백의 식물, 상징의 식물로 가슴에 새겨진 꽃, 나도 너도 유추프라카치아라는 것

개와 산책하는

개가 나를 끌고 달린다. 개가 착한 내 보호자로 착한 발바닥으로 자기 영역으로 달려가 오줌발을 세우고 개의 세상을 내게 보여 주려는 듯

나는 개가 아니었으나 개 같은 나날이었으므로 개 같은 정력을 찬양했으므로 개밥바라기가 뜨는 시간 개와 어울린 날이 너무 아득했으므로

해 뜨는 집같이 아비뇽 언덕에 있을 개집을 찾아가듯 착한 혀를 내밀고 달리는 개를 따라 개의 정부에 망명 가는 듯이

언제 한번 놀러 가자던 개와 약속을 지키듯이 개에 이끌려 내가 허겁지겁 달려간다. 개가 달릴 때 내가 달리지, 개 망신인 것 같지만

개가 달리니 내가 달린다.

내가 달리니 갓 피어난 불빛이 달린다. 저녁 꽃이 처녀 꽃이 바람 속을 달린다. 달리며 흔들린다. 세상 모든 개가 달

리는 시간, 나도 개가 되어 달린다.

　달리다 보면 개의 시그널이 깜빡이고 개의 문턱을 넘어
가고 개가 꼬리 치며 부드러운 혓바닥으로 이마를 핥아 주
는 개의 국경일 것 같아

　개 불알 같은 꿈을 덜렁거리며 지금은 개와 함께

꽃에게

네가 그곳에 지고지순하게 피어났다는 것은
네게 파란만장이 있었다는 것, 엄동을 건넜다는 것
네가 피니 갈채와 감탄을 보내지만 네가 피기 전까지
겨울을 건너와 눈물에 뿌리 담그고
눈물의 힘으로 분열과 분열을 거듭해 피어났다는 것
어둠을 초월해 눈물 같은 이슬이 맺혀 피었다는 것
엄연히 꽃이 피었다는 말은
반드시 진다는 어두운 미래란 말도 되지만
네 뼈 마디마디마다 아리는 파란만장이 있었다는 것
내가 여기까지 온 것도 파란만장이 밀었다는 것

러시안룰렛

적막 속인데도 더 숨죽이리라.
있는 듯 없는 듯이 하리라.
차르 시대 같은 나날이라
총구가 아니면 죽음이 아니면
무엇이 우리에게 희망이 될 수 있으랴.
서서히 방아쇠를 당기며
절체절명의 순간을 즐기리라.
벌레 한 마리 죽이지 못한 손으로
내가 나를 기어코 사냥하고 말리라.
한 방의 총성으로 꽃잎처럼
사방으로 흩어지는 목숨의 아름다움
순간 잠잠해지는 호흡과 맥박으로
비로소 나는 길고 힘든 여정 끝에
한 떨기 꽃 같은 닻을 고요 속에 내리리.
삶의 일단락을 짓고 죽음을 완성하리라.
내가 나를 겨눈 영광 속으로
내가 사라지고서야 머지않아 올
꽃 피는 시절은 네가 즐기리라
넘어지면서도 놓치지 않는 총구에서
하얗게 피어오르는 마지막 연기처럼
네 꿈이 활활 피어나기도 하리라.

이중섭의 소와 아버지의 방

아버지 돌아가신 웃풍 심한 방에 모작 이중섭의 〈소〉가 있다.
언젠가 아버지가 빙의되어 벽을 박차고 뛰쳐나올 소
담마저 뚫고 봉창 너머 보이던 벌판으로 치달을 소
불알에 힘이 꽉 들어차고 강철의 뿔을 가진 소
등이 활처럼 휘어져 모든 것을 단숨에 튕겨낼 소
때로는 증오 때문에 범처럼 이글대는 눈으로 세상을 바라
보는 소
세상의 꼬락서니보다 못해 뛰쳐나와 이리저리 떠받을 소
가 있다.

아버지 사시사철 비워 둔 방에 소 한 마리로 있다.
한여름에는 장맛비 소리가 아버지 심심하지 말라고 추적추
적 찾아드는 방
먼 훗날 아버지 방은 고분으로 아버지가 소로 고스란히 출
토될 방
내 늙어 가는 꿈도 언젠가 아버지 곁에 순장되는 황소 한
마리

아버지의 방에는 늘 아버지가 이중섭의 소로 있다.
아버지 방이 사라져도 소가죽 북으로 남아

진군하라, 진군하라 외칠 아버지, 나는 틈틈이 아버지
를 위해
　새파란 작두로 여물같이 내 꿈을 잘게 썰어야 한다.

카잔차키스에게

"나는 아무것도 바라지 않는다
나는 아무것도 두려워하지 않는다
나는 자유롭다. 나는 자유……!" 라는 글을 묘비에 새긴
카잔차키스 그가 묘비를 세운 날은
1957년 12월 26일이다. 내가 1957년 12월 24일 생
내가 태어나자 이틀 후에 돌아갔다.
그리스의 시인·소설가·극작가. 크레타섬 이라클리온 출신
아테네에서 법학을 배웠고, 파리에서 베르그송과 니체의
철학을 공부, 여러 나라를 편력으로 역사상 위인을
주제로 한 비극을 많이 썼던 카잔차키스
당시 유럽의 철학·문예·사회 사조 등의 영향을 받아
자연인의 본원적本源的인 생명력으로
고향을 무대로 한 소설 〈희랍인 조르바〉를 쓴 카잔차키스
나에게 바통을 넘겨주고 갔다 생각되는 카잔차키스
하나 지금껏 "나는 아무것도 바라지 않는다
나는 아무것도 두려워하지 않는다
나는 자유롭다. 나는 자유……!"라는
그의 묘비명 같은 시 한 줄 쓰지 못했다.
나는 가도 가도 엉터리 시인, 시 나부랭이나 들먹여

카잔차키스에게 늘 미안하다.

크레타섬의 잔물결보다 못한 내가 초라하다.

사랑을 받는 동안

사랑을 받는 동안 말입니다.

말인 동안 커다란 말 눈으로 들판을 바라보며 들끓는 피를
잠재웁니다. 말의 마음으로 끝없는 테러와 살인과 폭력을 슬
퍼합니다. 말의 다리로 세상의 모든 슬픔을 등짐 지고 아무
도 보지 않는 곳으로 가 쓰러지고 싶습니다. 말인 동안 파발
마로 저 판자촌으로 슬럼가로 새벽 같은 새날의 소식을 전하
고 싶습니다.

내가 말인 동안 말굽이 자라고 갈기가 나부낍니다.
나 재갈이 물린 채 무장한 화랑 관창 같은 사람을 태우고
뜨거운 콧김 내뿜으며 천지가 진동하도록 적에게 내닫고
싶습니다.
꼬나든 창에 작살나는 이 도시와 이 도시의 배후를 보고 싶
습니다.
사랑으로 격정으로 치닫는 피를 잠재우며 왜 말이 되려는지
내 생을 왜 말 한 마리로 세우고 싶은지 내게도 의문입니다.

내가 사랑받는 동안 내 쑥스러운 자화상도 말입니다.
어디서 슬픔이 독 오른 듯 무성해지고

세상이 슬픔이 자라는 초원일 때 나 그곳으로 수천만 마리 말로 가고 싶습니다.

슬픔을 뜯어 먹은 그 힘으로 윤기 흐르는 몸으로 적토마 같은 명마가 되어 어둠을 토벌하고 히히힝거리며 다시 내 사랑 속으로 돌아오고 싶습니다.

황산벌 싸움 같은 위화도 회군 같은 역사의 갈등을 평정하고 나 순한 말 눈이 되어 밤새워 돌아오고 싶습니다.

나 사랑을 받는 동안 슬픈 말입니다.

붉은 책을 찾아

민주가 널뛰기하던 시절, 진보 담론의 붉은 꽃을 피웠던
붉은 책을 찾아, 금서여서 더 읽고 싶은 지금은 식어 버린
아궁이 같은 가슴에 다시 뜨거운 불을 지필 붉은 책을 찾아
오늘 갓 나온 신간은 꿈을 주지만 어제의 책은 지혜를 주는
고전이므로, 어제의 붉은 책을 찾아, 기억을 더듬어
인문사회과학서점에 장미처럼 꽂혀 있을 붉은 책을 찾아
책에 갇혀 침묵이 되어 버린 붉은 목소리, 붉은 노래, 붉
은 꿈
공안이 들이닥치므로 한때는 깊은 곳에 숨겨져 있던 붉은 책
가상화폐를 채굴하듯 누가 붉은 책을 재판하는지 별이 파
르르
떠는 밤, 낡고 삐걱거리는 좁은 계단을 딛고 붉은 책을
찾아, 한때 담요를 방문에 치고 불빛을 가리고 읽던 붉은 책
그 따뜻했던 겨울을 찾아, 불심검문이 사라진 거리에서
한때는 우리의 아지트였던 붉은 책이 꽂혀 있는 서점을 찾아
다시 지하 단체가 된 듯 은밀한 눈빛으로 찾아 나서도 좋을
붉은 책을, 아니면 우리의 붉은 시로, 붉은 문장으로
붉은 신간을 내며 오늘의 책은 꿈이 되고 어제의 책은
고전이 된다며 동서고금을 통해 붉은 책은 읽혀야 한다며

>
금서를 팔던 홍콩의 서점 주인이 감쪽같이 사라지듯이
붉은 서적을 팔던 서점 주인이 감쪽같이 사라졌을지 모르지만
붉은 책을 찾아, 붉은 봄날을 찾아, 붉은 고래를 찾아

붉은 책이란 은유가 장미로 피어나는 광장을 지나
우리 살아 있는 날, 아나키스트가 되어 오로지 붉은 책을 찾아

제4부 리비도에 빠진 한 남자의 궤적

지리산

나도 당신같이 깊은 골 같은 품을 가지고 싶습니다. 당신
의 깊은 골에 한 시대의 파르티잔과 토벌대 간에 오간 총성
이 풀꽃으로 피듯이 오월에 다슬기같이 귀에 다닥다닥 붙
던 총성도 내 품에 꽃으로 피어 바람에 이제야 마음껏 나부
끼기 바랍니다. 당신은 당신의 골에 상처 입은 세월마저 가
서 살아도 좋고 동편제, 서편제의 창이 당신의 골에 쩌렁쩌
렁 울려도 눈살 한번 찌푸리지 않았듯이 나도 내 품에서 목
청껏 노래하다 제 풀에 넘어지는 누군가가 있어도 나무라지
않겠습니다. 어찌 내가 당신만 하겠습니까. 어찌 내 품이
당신의 골 하나에 미칠까요. 하나 나도 당신의 깊은 골 같
은 품을 가지고 싶어 내 품을 한 뼘 한 뼘 넓혀 갑니다. 내
품에도 당신의 골같이 새와 사슴과 사람이 왁자하게 어우러
져 살기 바랍니다.

시, 시, 시

학대받는 시에 대하여
아니 차라리 버림받는 시인에 대하여
거들떠보지도 않아 외면당하고
존재조차 미미해진 시와 소설, 문학에 대하여
나도 더 이상 거론을 할 수 없다.
책과 담 쌓은 사람을 원망하거나
그렇다고 봐 달라고 애정결핍으로 몸부림치며
매달릴 수 없다.
그것은 문학 자체의 존엄성을 훼손하는 것이므로
내 존엄성을 내팽개치는 것이므로

내 시, 차라리
이쑤시개로
식사 후 트림하며 당신의 이빨 사이를 쑤셔도 좋은

라라에 대한 고백

이제는 말해야겠습니다. 라라에 대해
가슴에 가둬 둔 라라에 대해
라라의 아름다운 나날에 대해
가둬진 뒤 더 아름다워진 라라의 눈동자에 대해
날마다 내가 빨래해 푸른 하늘 가득 널었던 것이
라라의 영혼이었습니다.
빨래집게로 꼭 집어 두었던 것은 라라의 추억이었습니다.
사실은 집 나간 라라
가슴에 가둬 둔 것은 라라의 옛 모습
라라는 집을 나가도 나의 라라
라라가 오늘은 어디서 손톱을 깎고 있는지
라라가 오늘은 어디서 한 잎 꽃으로 짓밟히는지
포말로 사라지는 하루 앞에
이제는 시든 수선화로 있을 라라여도
먼 이국의 강가에 물새로 울 라라여도
지금도 나의 라라, 늙어도 나의 라라
일월에도 이월에도 삼월에도 나의 라라
비가 온다 해도 장마여도 태풍주의보 속에서도 나의 라라
무지개 뜨고 봉선화 만발해도 나의 라라
먼 산간 지역에서 폭설이 내려도 나의 라라
라라라 라랄 랄라 라라 나의 라라라 부르는 이 자유

모국어

네가 순수한 입술로 순결한 혀로 석죽빛
성대로 들려주던 네 목소리 청보리밭에 가라지가 섞였듯
낯선 목소리가 섞여 불협화음이 잡풀 서걱대는
소리처럼 우우우 자라났는데 그때마다 나는 소스라치게
놀랐다.
　언어순화와 글로벌 시대라 하지만 낯선 단어가 불쑥
불쑥 들려올 때마다 망치에 맞은 듯 멍해졌다.

　난 아직 레베카보다 순이가 더 좋다. 월매가 좋다. 향단
이가 좋다.
　마이클보다 슈퍼맨보다 동네 형이 좋다. 아제가 좋다.
삼촌이 좋다.
　파워보다는 힘이라는 말이 좋다. 보헤미안 랩소디보다는
육자배기가 좋다. 달 타령이 좋다. 레전드보다 어르신이
라는 말이 좋다.
　조나단 시걸보다는 괭이갈매기가 좋다. 불사조나 피닉스
보다 봉황이 좋다.
　나는 모순적이게 영어를 배우고 외국어를 배워
　불결한 언어에 물들었지만 아직도 그리운 어머니의 자
장, 자장가

나만 보면 파안대소하며 뛰어와 부둥켜안으며

오오, 내 새끼, 내 새끼 하던 잔주름 가득해서 더 다정다
감했던 할머니

하나 나는 내가 잃어버린 시절을 어디서 찾나, 잃어버
린 말은

2

둥개 둥개 둥개야 두둥 둥개 둥개야 하며 어머니 다시 청
춘으로 돌아와

둥개 소리로 나를 얼러 다오.

나 다시 어머니 뽀얀 젖가슴을 만지작거리며 젖을 빨고

어머니가 내게 들려주는 모국어를 익히고

다리에 힘이 생겨 역발산으로 꺽정이 같은 힘으로 벌떡
일어나

천군만마를 길러 모국어로 호령하며 모국어의 힘으로 북
벌하고 왜를

수장하러 나서는

어머니 지금도 간절하게 듣고 싶은 나를 어르는 소리, 두
둥 둥개 둥개야

\>

3

그리고 들판의 새가 우리 모국어로 노래하고

반도의 별이 모국어로 속삭이고

우리의 신화를 이파리 파닥이며 모국어로 들려주는 신단수

모국어로 피는 풀꽃

모국어로 침묵하는 바위와 강물과 지평선과 천 년 소나무 숲

할아버지 돌아가셔도 모국어의 한 벌 뼈로 누워 계신 것을 안다.

군자금 가슴에 품고 압록강을 수없이 건너다니다가 동상 걸려 잘라 낸 것이

끝내 모국어를 가슴에 품고 살던 뜻이라는 것을

동학이 죽창 깎아 들고 왜군과 관군을 향해

무모할 정도로 달려들던 것도 모국어가 짓밟히거나 약탈 당하지 않게

목숨을 초계같이 버리며 지키려던 것

그리고 반도는 모국어란 뿌리로 울울창창하리라.

다시 천 년의 길을 모국어로 활짝 열어젖히리라.

어머니 젖과 함께 내게 걸음마를 시키고

내 잔뼈를 굵게 익혀 준 모국어

낙화유수 위로 유등처럼 끝없이 흘러가며

식은 내 꿈을 지펴 주는 불멸의 혼불, 모국어

아웃사이드에서

얼마나 홀가분하냐. 중심을 허물처럼 벗었다는 것, 허물을 벗을 때 잠깐 뱀처럼 눈이 멀지만 그 짧은 사색의 시간, 이제야 나도 인사이드를 다시 그리워하는 싱싱한 꿈을 가진 것이다. 중심에서 한철이란 갑질과 위선과 허세뿐이었다. 지금은 인사이드를 버리므로 그리운 인사이드란 싱싱한 꿈을 가졌다. 남은 일이란 내가 가진 원심력으로 내가 강하게 튕겨져 중심에서 더 멀리 가는 것, 사막 한가운데 튕겨 간다 해도 나에겐 터벅일 힘이 있다. 외로우면 사막여우처럼 길게 울 쓸쓸함도 있다. 한때 중심에서 눈멀어 보지 못했던 별이 오늘 밤 찬란하고 비의 예감으로 우는 청개구리 소리가 새삼스러운데 오늘 밤은 발에 물집 잡히도록 걷고 싶은데 그리워질 때까지 그립지 않을 인사이드여! 부디 잘 있어라.

마지막에 대하여

넘치는 잔보다 몇 방울 남은 술에 대하여
노래의 시작보다 마지막 꺼져 가는 들불 같은 노래
마지막에 이르러 몸부림치는 네 노래에 대하여
자작나무 이파리에 토닥이다 멀어지는 빗소리
아쉽다며 울음보 터질 듯 우는 청개구리에 대하여
이제는 다시 피어날 수 없는 시드는 꽃에 대하여
개막식보다는 폐막식에 대하여 폐막식에 번지는
어둠에 대하여, 버려져 짓밟히는 꽃다발에 대하여
마침내 진짜라 했는데 가짜로 밝혀진 반지에 대하여
마지막에 대하여 말한다는 것은 아쉽다는 말
하지 말아야 할 말 같고 희비가 뒤섞여 혼란하지만
끝물의 벌판에 와 울던 물새의 노래처럼 애절해
마지막은 함구가 마땅한 것 같으나 마지막이라
한마디 건네야 하므로 엷어지다 사라지는 비행운
너와 오래 사귀던 푸른 시절을 두고 떠나
지금껏 소식 없다는 마지막 네 남자 친구에 대하여
용두사미라도 생의 처음보다는 끝에 대하여
끝에 이른 마지막 사랑에 대하여
처음 그리움보다 몰락의 그리움에 대하여
마지막이 서러워 부둥켜안고 울어도 마지막에 대해
때늦지만 멸종된 진실과 사라진 나라에 대해

리비도*에 빠진 한 남자의 궤적

새벽에 리비도가 다녀갔다. 물봉선화 같은 얼굴로 웃다
가 갔다. 지그문트 프로이트! 리비도와 대립되는 것이 파괴
의 본능 즉 죽음의 본능이라지만 리비도와 합쳐서 에로스가
된다는 비밀을 안다. 그런데 지그문트 프로이트! 나란 리비
도에 빠진 사내, 리비도가 찾아와도 사랑할 마땅한 이름이
없다. 물안개 피어오르는 새벽 강가에 나가 생존 본능에 떠
는 내 영혼을 보여 줄 사람이 없다. 지그문트 프로이트! 난
리비도에 빠진 사내, 하늘에서 아가씨가 비처럼 내려오지
않나. 하늘에서 솜털 뽀얀 아가씨가 비처럼 내려오지 않나.

지그문트 프로이트! 바람이 분다. 바람에 흔들리는 간판
들, 꽃들, 만장들 곧 리비도가 나타날 징조다. 리비도가 나
와 함께 만날 사람은? 지그문트 프로이트! 리비도만 찾아
온 내가 수소문할 아가씨는 하늘에서 언제 비처럼 쏟아지
나? 난 리비도에 빠진 사내, 리비도에서 벗어나려면 구순
기, 항문기, 남근기, 잠복기 그다음인가? 지그문트 프로이
트! 리비도를 배척할 적절한 시기는? 지그문트 프로이트!
바람이 불어 내가 흔들린다. 리비도와 함께 불어와야 할 것
은 황진이 같은, 논개 같은, 춘향이 같은 지조의 여인, 지
그문트 프로이트! 불어오지 않는다면 여인을 데려와야 할

푸른 루트는 어디에

지그문트 프로이트! 난 리비도에 빠진 사내, 리비도의 뺨을 종일 핥기도 하는 사내, 리비도가 자작나무 숲으로 물결치는 곳으로 여행을 꿈꾸는 자, 나는 리비도가 왕방울만한 별이 뜨는, 발해의 초원으로 개벽처럼 말 달려가고 싶은 사내, 리비도와 함께 치명적인 사랑을 만나도 좋다는 사내, 어느 시인이 노래한 푸른 장대 열차를 타고, 대꽃 핀다는 마을도 지나, 태몽 깊은 바닷가 마을로 가고 싶은 리비도에 빠진 사내, 지그문트 프로이트! 지금 바람이 분다. 이 자본주의 거리에서 우리의 상상이란 바람에 실려 끝없이 펄럭이며 날아오는 지폐지만 난 리비도에 빠진 사내, 승무의 외씨버선과 고깔과 그 아름다운 춤사위를 그리워하는 사내

지그문트 프로이트! 지금은 바람이 분다. 리비도가 실린 바람이 불어오고 있다.

* 리비도: 리비도는 성욕, 다시 말해 성기性器와 성기의 접합을 바라는 욕망과는 다른, 넓은 개념이다. 삶의 본능이라면 맞을 것이다.

눈물 독

엄마를 울렸다. 엄마는 오래되고 큰 눈물 독
내가 잘못했을 때 내 잘못을 울어 눈물 독을
채우시던 엄마, 엄마는 깨지지도 엎질러지지도
않는 눈물 독, 오래된 유적과 유물이 될 눈물
독, 다 말라 바닥이 났을 거라 해 들여다보면
나 몰래 엄마가 나를 울었는지, 말갛게 차오른
눈물 독, 나로 인해 마르지 않는 눈물 독
엄마, 이제 치우자며 깨 버리고 싶었던 눈물 독
엄마 돌아가셔도 내 가슴에 자리 잡고 앉아
내 눈물이 찰랑거리는 독, 세상에 유일한 독

나 이제 속 시원히 나에게도 버려지기를

나 이제 속 시원히 버려지기를, 오줌보에 팽팽하게 차오르던 그리움도 없고, 무조건 들이대던 뜨거운 욕망도 없고, 시드는 꽃 앞에 앉아 함께 늘어놓던 푸념도, 나란 누구에게나 짜증 나는 놈이고, 안주만 축내는 놈이고, 눈치코치도 없는, 줏대도 없는, 추적추적 내리는 비마저 나를 비껴가고 길 가운데 앉아 모이를 쪼는 비둘기가 내가 다가가도 꿈쩍 않고 개무시하는, 이제 성질도 다 죽은 놈으로 속 시원히 버려지면 좋겠네.

속 시원히 버려져 더 이상 버려지지 않는다는 믿음으로 이렇게 좋은 세월이지만 버려져 울기를. 버려져 자작하며 취중 진담으로 먼 사람에게 사랑을 고백하다가 철저히 또 한 번 버려져 비로소 내가 버렸던 사람의 심정을 헤아려 보기를, 내 멀쩡한 얼굴마저 망가지고 누구에게나 흉측해지기를 그리하여 최악의 상태에서, 작은 체구의 꿈으로 살아가기를, 나로 인해 더 이상 세상이 오염되거나 나로 인해 거리가, 광장이, 새가, 강물이, 문학이 불편하지 않도록, 나 이제 속 시원히 나에게도 버려져 잊히기를, 미운 술래인 세상이 못 찾는 곳에 숨어 메롱 하며 세상이나 놀리기를

목련

아버지 임종하시자 마당에 문상 온 신발이 넘쳐 나고
돼지 삶는 냄새 동구까지 번지고
친척이나 형제들 정신없는 밤 조등만 조용히 타오를 때
소복하고 말없이 골목에 섰던 목련 나무 여자
아버지 늦은 귀가에 끝까지 기다려 줬던 아버지의 여자
목련꽃을 피워 든 가녀린 어깨를 가진 아버지의 여자

중력이 작용하는 철원

『쇠둘레를 찾아서』라는 김주영의 소설도 있지만 나는 죽은 전우를 찾아 쇠둘레로 간다. 장밋빛 스카프를 부르던 경호, 마음 좋던 성삼이, 솜씨 좋던 현석이, 어린 신부를 가진 김 하사도 차량 사고로 다 죽었기에, 개구리복 입고 휘파람 불며 옥수수밭을 지나 한탄강을 건너 전역해 오는데 함께 전역하지 못한 그들의 넋은 아직 전방에 복무 중이다. 통닭이라도 몇 마리 들고 면회 간 전우와 함께 먹으라고 안겨 주고 싶지만 전방의 풀꽃으로 새로 별로 복무 중인 그들이라 어디로 면회를 가야 할지 몰라 철원평야에서 목메어 부르다가 돌아온다. 동계훈련 나가 받자마자 얼어붙던 반합의 밥을 먹으며 그래도 웃었던 것은 너희들 때문이었는데 너희들은 죽고 나만 살아남은 것, 불행 중 불행이라며 나라를 구하지 못한 고석정 꺽정이처럼 꺼이꺼이 울며 불러 본다.

쇠둘레 찾아가는 길, 살면 언제나 나를 끌어당기는 중력이 작용하는 철원, 나는 슬프기 위해 금학산으로 간다. 오지리로 간다. 한탄강으로 간다. 철책 안이었던 동방리로 간다. 가면 아직도 생생한 그들의 기억이 용화동 타깃을 향해 155밀리 곡사포를 펑펑 쏘고 있다.

코호트별에 내가 있소

별에는 내가 있소. 그러나 내 안에 있어야 될
내가 없소. 내 안에 내가 없으니 난 좀비요
유령이요, 내 안에 내가 없으니 내 안의 내가
쓰는 시도 없소. 시가 가진 향기도 없소, 이미지도
시가 가진 노래도, 내 시에서 들리는 새소리도
별에는 내가 있소. 그러나 내 안에 있어야 될
내가 진작 없소. 내 안의 나의 말투를 따라하던
까마귀도, 까마귀가 즐기던 까마귀 깃에서
튕겨져 나오던 오후의 햇살도, 오후의 끓는
별에는 내가 있소. 그러나 내 안에 있어야 될
내가 없으나 분명 이 별 안에 나를 뛰쳐나간
내가 분명 있소. 잠깐 나를 빠져나간 내가
영화 보러 간 것 아니면 편의점에 삼각김밥
혼자 사러 간 것, 별에는 내가 있소. 하나 내 안에
내가 없으나 분명 나를 떠난 내가 아직은 있소
하니 버릴 수 없는 별, 별에는 분명 내가 있소

바람 속의 집

정림 하면 첫사랑 정임이가 생각나는
정림초등학교에 백 년 세월이 키웠을
플라타너스가 있다.
한여름 그늘은 백 명의 아이를
다 품고도 넉넉하게 남는다.
백 년 사랑을 꿈꾸는 까치 한 쌍
나무 속에 집 한 채 지었다.
바람이 불면 아슬아슬한 둥지가
어떻게 될까 가슴 졸이다가 알았다.
바람 불면 가지와 가지가 더 얽혀
바람 속에 튼튼한 집이 되어 간다는 것을
나뭇가지를 미친 듯이 흔들어대는 바람이
까치의 꿈과 집을 더 다진다는 것을
그래서 바람 속에 튼튼한 집 한 채 있다.
마을과 학교에 희망의 빗장을 벗기는
푸른 까치 울음소리 강물처럼 풀어내며
정림 하면 첫사랑 정임이 생각나는데
그곳 바람 속에 백 년의 집 한 채 있다.

내게도 용 문신을 새기는 밤이 오리라

오래된 TV 드라마 한 장면에서
한밤중에 마당에서 줄넘기를 하자 뭐 하느냐고 물으니
고독에 몸부림친다 해서 웃은 적이 있다.
그때 웃을 일이 아니었고 지금 나도 고독해졌다.
친구와 휩쓸려 1차 2차 술자리를 하다가 3차 노래방에서
그 겨울의 아침을 부르고 장밋빛 스카프를 부르던 날이 꿈
이었나 싶다.
스마트폰의 많은 연락처 중에 선뜻 눌러야 할 이름이 없다.
이렇게 고독한 날은
화투 패를 뜨거나 전신에 문신을 새기고 싶다.

몸을 화판으로 더 이상 고독하지 말라고
나와 함께 살아갈 문신을 새기는 것
깍두기처럼 가끔 어깨에 힘을 넣고 꿈틀거리는 문신을 과
시하는 것
닭 피로 문신을 새기면 살아 있는 것처럼 느껴지고
순하게 느끼도록 사군자를 새기든지 풀꽃을 새겨도 좋지만
용 문신을 새기고 싶다.
천지를 우레로 뒤흔드는 용, 여의주를 물고 청동의 몸을
꿈틀대며

어둠에 불의 칼을 휘두르듯 일 획을 그으며
끝없이 승천하는 용꿈을 꾸고 싶어

머지않아 용이 내 몸에서 벼락 치듯 날 것이다.
내 몸은 용의 터전, 나를 박차고 용이 치솟는 날을 기다
리다 보면
내 고독도 용꿈에 밀려 사라질 것이므로
앞으로 용 문신 새길 몸을 피가 나도록 박박 문지른다.
용이 나를 낚아채 하늘로 오르다가 떨어뜨리는
악몽을 꾸더라도 고독에 비하면
아무것도 아니므로 이 모든 것을 견디며 기다리리라.

다시 단언하지만 내게도 용 문신을 새기는 밤이 오리라.

코호트별에서 아내가 내간체로 편지를 쓴다

첫눈이 내려도 환호를 지르며 밖으로 뛰쳐나갈 수 없는 날, 첫눈 내리는 포근한 소리 들으며, 아내가 내간체로 편지를 쓴다. 갈 수 없는 친정이라, 할 말이 적설을 이루어 가는 밤, 구들장이 식을까 장작을 아궁이 가득 넣으면, 오고 가지 못한 날에 생긴 알토란 같은 이야기를 내간체로 아내가 편지를 쓴다. 어떤 대목에서 숨죽여 울지만 강물 같은 편지지 위에 꽃잎처럼 떨어지는 아내의 따뜻한 눈물의 온기, 발끝 시린 세상 한 귀퉁이에 조용히 스며들고

내간체로 아내가 또박또박 편지를 쓰는 밤, 밤이 깊었으니 그만 쓰고 마침표를 찍으라는 재촉처럼 뒤란 감나무에서 부엉부엉 우는 부엉이, 죽으면 썩을 몸이라 할 수만 있다면 이 몸으로 코로나를 물리치고 싶다는 어머니 꽃씨 같은 말씀, 작은 봉창에 알알이 박혀 여물어 가고, 정갈하게 쪽 진 머리로 모처럼 아내가 다소곳이 앉아 옛날 어머니와 다듬이질하듯 또닥또닥 내간체의 편지를 쓴다. 첫눈도 송이송이 내려 코로나의 세상을 한 뼘 한 뼘 덮어 가고, 나도 내 사랑을 꺼뜨릴까 사랑의 심지를 조금씩 돋우는 밤, 내간체밖에 모르는 어머니, 약시의 어머니를 위해, 세상에서 가장

아름다운 내간체의 편지를 아내가 쓰는 밤. 사륵사륵 내려
쌓여 가는 첫눈

기억의 심층을 탐색하는 낭만적 사랑의 노래

유성호(문학평론가, 한양대 국문과 교수)

1. 한없는 매혹과 동경의 세계

서정시는 시인이 스스로 겪은 절절한 경험과 기억, 어떤 대상을 향한 강렬한 매혹과 동경憧憬의 흔적을 함축적으로 담아 가는 언어예술이다. 그 안에는 성공적인 해피엔딩의 완결성보다는 미완의 그리움이나 비극적 생의 진실이 핵심적인 본령으로 농울 치고 있게 마련이다. 서정시를 읽는 이들도 시인의 이러한 특별한 경험과 기억, 매혹과 동경을 통해 자신의 삶을 되살펴 보기도 하고 시인과 동행하면서 전혀 새로운 삶의 의지를 충일하게 가지기도 한다. 그만큼 서정시는 시인과 독자 사이의 경험적 소통을 전제로 한 대화 양식이다. 일상에서 어렵지 않게 만날 수 있는 소소한 대상

들일지라도 서정시의 문맥으로 흡수되는 순간 그것은 미학
적으로 변형되면서 새로운 의미망을 띠어 간다. 이때 시인
은 자신만의 경험과 기억을 거기에 얹어 감으로써 스스로를
미학적 존재로 거듭나게끔 하는 것이다.

　김왕노의 시는 서정시가 가지는 이러한 소통 지향성과
새로운 경험의 제시라는 속성을 가장 격정적이고 아름답
게 성취해 낸 낭만적 사랑의 노래라고 규정할 수 있을 것이
다. 그의 시는 난해하지 않고 부자연스럽지 않고 독자 모두
를 어떤 동일성의 세계로 이끄는 힘을 강하게 견지하고 있
는데, 특별히 이번 시집 『도대체 이 안개들이란』(천년의시작,
2021)은 시인 자신이 겪어 온 남다른 경험의 너비와 깊이를
온전하게 함유함으로써 '시인 김왕노'를 넉넉하게 만나게끔
해 주는 장場이 되고 있다. 따라서 우리가 그의 시를 읽는다
는 것은 그러한 시인의 경험에 흔연하게 동참하는 일이 되
며, 그 경험의 내질內質을 통해 그가 우리에게 선사하는 한
없는 매혹과 동경을 만나 보는 일이 될 것이다. 시인은 스
스로 "시가 내 부활의 무덤이자/ 치욕이며 내 영혼의 요람"
(「시인의 말」)이라고 했거니와, 이번 시집은 그 점에서 그의 요
람과 무덤, 삶과 죽음, 빛과 그늘, 자긍自矜과 치욕의 언어
적 현장이 되기에 모자람이 없을 것이다. 이제 그 세계 안
으로 천천히 들어가 보도록 하자.

2. 유목적 자의식을 통해 가닿는 소멸의 잔상

　김왕노 시인은 생성의 광휘보다는 소멸의 잔상殘像에 더 큰 미학적 관심과 감각을 가지고 있다. 그는 명료하고 거대한 질서(cosmos)보다는 격정적으로 회오리치는 역동적 혼돈(chaos)에 훨씬 더 근접한 미학적 정체성을 가지고 있다. 또한 유목적 자의식을 통해 시집 곳곳에 이러한 단속적 이미지들을 배열해 간다. 이러한 이미지들은 김왕노가 궁극적으로 욕망하는 낭만적 사유와 감각으로 현저하게 이월됨으로써 그의 시를 평범한 내면 토로의 작품과 구별해 준다. 다양하고도 이질적인 형질이 자연스럽게 얽혀 있는 김왕노의 시는 삶의 비극성과 현실의 복합성을 두루 투시함으로써 실존적 슬픔에 가닿는 예술적 과정을 보여 준다. 따라서 우리는 그의 시를 통해 한편으로는 삶의 바닥과 만나고 한편으로는 한없는 낭만적 유목 의지로 삶을 크로스하려는 욕망을 만나게 된다. 먼저 다음 작품을 읽어 보자.

　　마음은 서천 꽃그늘을 찾아

　　한산소곡주에 취해 앉은뱅이꽃으로

　　여생을 보내도 좋다며 간다.

　　노을에 물들어 서천으로, 서천으로

　　들판에 푸른 달빛이 흐르듯 간다.

　　수십 량 그리움을 매단 장대 열차처럼

가다가 멈춘 곳에 삼꽃이 핀다.

—「서천」 전문

여기서 '서천'은 물론 충남 서천舒川이라는 지명을 일차적으로 함의하지만, '서천西天'이라는 파생 의미까지 잔잔하게 거느리면서 이 작품으로 하여금 어떤 근원적인 질서로 함입하게끔 해 준다. 서천으로 가는 시인의 마음에 "꽃그늘"에 대한 매혹과 "앉은뱅이꽃"에 대한 동경이 들어 있기 때문이다. 한산소곡주를 다른 말로 '앉은뱅이술'이라고 부르는 데서 착안되었을 이러한 소망은 노을에 물들어 서천으로 가려는 시인의 허기와 취기와 결기를 모두 반영하고 있다. 들판에 흐르는 "푸른 달빛"은 서천 노을과 현저한 색채 대조를 이루면서 "수십 량 그리움을 매단 장대 열차"를 아득하고 아늑하게 비추어 준다. 가다가 문득 멈춘 곳에 피어난 "삼꽃"은 서천으로 잠겨 가는 시인 스스로를 은유하는 실존적 비유체일 것이다. 이렇듯 김왕노 시인은 "누대의 슬픔이 뚝뚝 지고"(「목련」) 있는 서쪽으로 발길을 옮기면서 거기서 소멸해 가는 '그늘/여생/노을/달빛'을 그리움의 잔상으로 거두어들이고 있다. 아름답고 처연한 유목적 의지가 거기에 출렁이고 있는 것이다.

넘치는 잔보다 몇 방울 남은 술에 대하여
노래의 시작보다 마지막 꺼져 가는 들불 같은 노래
마지막에 이르러 몸부림치는 네 노래에 대하여

자작나무 이파리에 토닥이다 멀어지는 빗소리

아쉽다며 울음보 터질 듯 우는 청개구리에 대하여

이제는 다시 피어날 수 없는 시드는 꽃에 대하여

개막식보다는 폐막식에 대하여 폐막식에 번지는

어둠에 대하여, 버려져 짓밟히는 꽃다발에 대하여

마침내 진짜라 했는데 가짜로 밝혀진 반지에 대하여

마지막에 대하여 말한다는 것은 아쉽다는 말

하지 말아야 할 말 같고 희비가 뒤섞여 혼란하지만

끝물의 벌판에 와 울던 물새의 노래처럼 애절해

마지막은 함구가 마땅한 것 같으나 마지막이라

한마디 건네야 하므로 엷어지다 사라지는 비행운

너와 오래 사귀던 푸른 시절을 두고 떠나

지금껏 소식 없다는 마지막 네 남자 친구에 대하여

용두사미라도 생의 처음보다는 끝에 대하여

끝에 이른 마지막 사랑에 대하여

처음 그리움보다 몰락의 그리움에 대하여

마지막이 서러워 부둥켜안고 울어도 마지막에 대해

때늦지만 멸종된 진실과 사라진 나라에 대해

— 「마지막에 대하여」 전문

'마지막'이라는 제호가 소멸의 극단을 상징하고 있는 이
작품은 수많은 소멸의 전조前兆를 나열함으로써 우리 삶
의 형식을 에둘러 암시하고 있다. 시인이 노래하려는 것은
"넘치는 잔"이 아니라 "몇 방울 남은 술"이다. 그리고 그는

막 시작하는 노래보다 "마지막 꺼져 가는 들불 같은 노래"
를 기꺼이 선택한다. 그것은 마지막에 이르러 몸부림치는
것들이야말로 아쉬운 울음을 비치면서 "이제는 다시 피어날
수 없는 시드는 꽃"처럼 사라져 갈 것이기 때문이다. 사라
짐만이 그리움을 낳지 않겠는가. 그렇게 시인은 화려한 개
막식보다는 "폐막식에 번지는/ 어둠에 대하여" 시를 쓴다.
"버려져 짓밟히는 꽃다발"과 "끝물의 벌판에 와 울던 물새
의 노래"처럼 아쉽고 애절하고 희비가 섞인 "엷어지다 사라
지는 비행운" 같은 생을 사랑한다. "생의 처음보다는 끝에
대하여" 노래하는 김왕노의 진정성은 마침내 "끝에 이른 마
지막 사랑"을 되살피고 나아가 "처음 그리움보다 몰락의 그
리움"에 대하여 노래하게 되는 것이다. 그렇게 멸종되고 사
라진 것들에 대하여 노래하고 시를 쓰고 사랑하고 그리워하
는 '시인 김왕노'의 스케일과 예술혼이 아름답게 다가온다.
이러한 일관된 의지는 세상의 "전갈이 내게 온다는 것은 사
막 하나 정도 지나서 오는 것"(『전갈』)이라는 생의 수납 의지
와 "아무리 생각해도 내게서 너무 먼 바다, 너무 먼 새라 더
그리운, 애절한"(『알바트로스』) 것들을 안아들이는 그의 깊고
큰 품 때문에 가능한 것일 터이다.

이처럼 김왕노의 시는 시인 자신이 살아온 시간의 결을
회상하고 성찰하는 기억 작용을 통해 나르시시즘과 타자 지
향성을 결속하면서 씌어진다. 그는 기억이라는 서정시의
가장 원초적인 욕망을 통해 한편으로는 사라져 간 대상을
그리워하고 다른 한편으로는 소멸을 넘어 항구성을 부여하

려는 힘을 보여 주기도 한다. 그만큼 시인은 자신의 삶에
만만찮은 무게로 주어졌던 흔적들에 대한 기억을 토로하면
서 소멸과 상처의 흔적을 예술적으로 넘어서려는 욕망을 드
러낸다. 처연하고 치열한 유목적 자의식을 통해 가닿는 소
멸의 잔상이 그 안에 풍요롭고 다양하게 들어 있는 것이다.

3. 존재론적 기원을 향한 상상적 역류의 언어

그런가 하면 이번 시집에서는 시인 자신이 겪은 존재론
적 기원起源의 형상들이 여러 계열체를 형성하면서 따뜻하
게 퍼져 가고 있다. 이때 시인은 현재의 시선과 과거의 영상
을 융합하는 방법을 통해 그 순간을 되살려 내고 있다. 그가
노래하는 대상에는 지난날의 경험이 구체적으로 담겨 있고
그 시선에는 그들의 삶의 리듬이 고스란히 담겨 있다. 우리
시대의 속도 지향성이 우리의 원초적 기억을 하나하나 지우
고 분식하고 있을 때 그의 시는 지난 시간에 관한 오랜 경험
을 집중적으로 형상화함으로써 그러한 흐름에 저항해 가는
것이다. 또한 이러한 시각은 '아버지/어머니'라는 기원을 향
해 펼쳐져 가면서 서정시가 견지해야 할 시간의 지남指南 역
할을 수행하고 있다 할 것이다.

아버지 뼈도 거의 삭아 풀꽃을 키우려는
몇 줌 흙을 꿈꾸고 있을 것이다.

흙은 조상의 뼈가 땅에 묻혀 삭고 삭아져

정성스레 만들어진 것이라던 할아버지 말씀

뼈가 잘디잘게 부서져 뼈 강물을 이루어도

천 년에 한 치 흐를까 말까 하면서도

뼈 강물 위에 자운영, 질경이, 달맞이꽃,

할미꽃, 달개비꽃 피어 우리는 즐겁고

풀을 뜯어 먹는 소 울음이 부드러운 것이다.

나도 흐르는 뼈 강물 위에 꽃잎처럼 떠간다.

큰물 지지 않는 뼈 강물 위로 두둥실 떠간다.

지금 천년 뼈 강물 위에 벼가 물결친다.

때로 꿈틀대며 뼈 강물이 용트림한다.

—「흐르는 뼈」 전문

　　시인에게 아버지는 "흐르는 뼈"라는 강인하고 선명한 이미지로 남아 계시다. 가령 시인은 이제는 뼈도 거의 삭아 다만 풀꽃을 키우려는 "몇 줌 흙을 꿈꾸고" 계실 아버지를 상상하면서, 흙이야말로 조상의 뼈가 묻혀 삭아져 정성스럽게 만들어진 것이라는 할아버지 말씀을 통해 '흙'과 '뼈'가 가계家系를 구성하는 상징 체계임을 알아 간다. 뼈가 잘게 부서져 이루어진 "뼈 강물"이 천천히 흘러 그 위에 "자운영, 질경이, 달맞이꽃,／할미꽃, 달개비꽃"을 피워 내는 시간의 깊이야말로 시인의 존재론이 바로 이러한 흙과 꽃에서 왔음을 상징하고 있는 것이다. 또한 시인은 "나도 흐르는 뼈 강물 위에 꽃잎처럼 떠간다"라고 노래함으로써 누대累代를 거쳐 흘러갈 "뼈 강물"의 용트림을 바라보고 있는 것이다. 그렇게 "흐르는 뼈"는 시인의 생에 기둥이자 현장이자 미래이기도 할 것이다. "세상 모든 꽃은 꽃상여를 꾸민 꽃"(「유추프라카치아를 아십니까?」)이라고 했거니와, 세상의 모든 죽음은 "내 잔뼈를 굵게 익혀 준 모국어"(「모국어」)처럼 시인의 존재를 가능하게 해 준 역설적 태반이었던 셈이다.

> 이 깊은 밤 고향 집 어머니는 반가사유상이다.
> 한때 정좌해 TV 드라마를 보시며
> 몇 초롱 목숨에 심지 담그시고
> 밤늦게까지 가물거리며 사위어 가시다가
> 지금은 허리가 아파 의자에 앉아
> 홀로 TV를 보시는 어머니
> 세상에서 가장 아름답고 유일한 반가사유상이다.
> 밤이면 뒤란에 별똥별 같은 감꽃 뚝뚝 져
> 탱화를 그리듯 수놓고 밤새 반가사유상을 지키는
> 누렁이는 잠을 멀리 두고 귀가 쫑긋하다.
>
> ─「반가사유상」 전문

시인에게 "엄마는 오래되고 큰 눈물 독"(「눈물 독」)이었다. 그렇게 눈물 많으셨던 어머니가 이번에는 '반가사유상'으로 다가오신다. 깊은 밤 고향 집에 계신 그 "세상에서 가장 아름답고 유일한 반가사유상"은 정좌하시어 몇 초롱 목숨에 심지 담그시고 밤늦게까지 사위어 가시다가 밤이면 뒤란에 지는 별똥별 같은 감꽃과도 같으신 모습으로 계시다. "밤새 반가사유상을 지키는/ 누렁이"의 쫑긋한 귀만이 반가사유상의 고독과 외짐과 "물방울 하나가 평생 우물이 되는"(『벌레』) 생애를 환기해 주고 있을 뿐이다. "산다는 것은 애초부터 그리움의 일이라고"(『아도니스를 위한 늦은 연가』) 노래하는 김왕노의 상상적 역류逆流의 언어가 다감하고 따뜻하기만 하다.

이처럼 김왕노는 시간과의 힘겨운 싸움을 감당해 온 부모님의 생애를 기록하는 데 자신의 임무가 있음을 부인하지 않는다. 여기에는 인간의 이성과 관행에 의해 일사불란하게 관철되어 온 근대적 시간에 대한 저항과 함께, 그분들의 위의威儀를 세워 보려는 각별한 열망이 담겨 있다. 그 안에는 시인의 존재론이 가장 따뜻한 체온으로 흐르고 있는 것이다. 젊은 날을 뒤안길로 보내면서 지나온 시간을 반추하는 입장에서 보면 서정시는 이처럼 소중한 자기 성찰의 한 방식이 된다. 물론 이러한 반추는 진솔한 자기 표현을 통해서만 가능하다. 그래서 자기 성찰의 깊이와 표현의 진정성이 결합될 때 공감의 파장은 넓어지게 마련이다. 김왕노의 시가 이러한 속성에 부합하는 시편들임은 매우 분명해 보인다. 결국 시인의 고백과 상처는 이러한 성찰적 진정성에 바탕을 둔 것이라고 할 것인데, 바로 이러한 진정성이 김왕노의 시가 가지는 가장 큰 장처長處일 것이다. 결국 시인은 삶에 대한 견인을 통해 세월을 쌓아 가면서 사랑의 마음으로 서정시의 소통과 공감의 영역을 확장해 가고 있다. 우리는 해체적 언어의 탐닉이라는 병리 현상을 극복하면서 더욱 심원한 인생론적 시 세계를 구축해 가는 김왕노의 언어를 오래도록 바라보게 될 것이다.

4. 불가능성과 불가피성을 아울러 지닌 사랑의 형식

말할 것도 없이 김왕노의 시가 가지는 핵심은 사랑의 에너지에 있다. 물론 사랑이란 인간의 고유한 욕망의 한 형식이다. 근본적으로 충족 불가능한 욕망의 성격에 비출 때, 사랑 또한 삶을 아슬하게 지탱해 주는 페이소스일 뿐이다. 그러나 시인은 사랑의 경험과 기억이 삶에서 치열한 미완의 형식으로 남아 주기를 갈망하면서 지상의 삶을 견뎌 간다. 나아가 그것이 자신의 가장 내밀한 경험이라는 점을 깊이 있게 노래해 간다. 이때 시인이 행하는 기억은 서정시가 구현할 수 있는 시간예술로서의 속성을 한껏 충족하면서, 인간의 가장 오래된 존재 방식을 유추하게끔 하는 유력한 형질 역할을 해 준다. 이처럼 기억과 사랑의 원리는 김왕노의 시가 오랫동안 쌓아 온 핵심 기율이기도 하고 떠나 버린 대상을 상상하고 복원하는 일에 심혈을 기울여 온 시인의 오랜 경험적 방법론이기도 할 것이다. 그 낭만적 사랑의 언어에 우리의 영혼도 잠시 흔들린다.

이팝나무 가로수에 꽃숭어리 고봉으로 넘칠 때

너를 사랑할 수 없는 나는 나를 사랑하였다. 손톱을 깎고
머리를 깎고 거울 앞에 서서 너에게 보여 줄 수 없는 나를
오래 바라보며 너를 사랑할 수 없어 나를 사랑하였다.
너에게 들려줄 수 없는 노래를 나를 사랑한다며
나에게 들려주었다.
너를 사랑할 수 없으면 장미를 닮은 카르멘, 요정 같은 M
누구를 사랑할 수 있으나 그것은
너를 사랑하는 것이 더더욱 아니므로
나는 네가 사랑하지 않는 나를 홀로 사랑하였다.
나를 내 사랑아, 부르며 애절하게 사랑하였다.
나를 내가 사랑하면 내가 사랑하는 네가 되는 기적이 올까
내가 나만 사랑하면 질투에 이글거리는 눈으로
네가 내게 달려올까 나는 풋사랑처럼 나를 사랑하였다.
너를 사랑하려는 연습처럼 내가 나를 사랑하였다.
네가 사랑해 주지 않는 나를 내가 오래 사랑하였다.
끝내 너를 사랑할 수 없어 나를 미치도록 사랑하였다.
　　　—「너를 사랑할 수 없어 나를 사랑하였다」 전문

　이미 김왕노는 수많은 사랑의 시편들을 썼거니와, 이 작
품도 그 계열에서 벗어나지 않는 전형성을 띠고 있다. 그 사
랑 안에는 "깨어 있더라도 잠들더라도 운명처럼/ 난 당신에
게로 끝없이 날아"(「항법 장치」)가던 순간이 들어 있을 것이다.
짐짓 '너를 사랑할 수 없어 나를 사랑하였다'라고 제목을 달
았지만, 그의 사랑은 불가능성과 불가피성을 동시에 지니

면서 끝없이 2인칭을 향하고 있는 반어적인 것일 테니까 말이다. 이팝나무 가로수에 꽃숭어리가 고봉으로 넘치거나, 손톱과 머리를 깎고 거울 앞에 섰을 때에 시인은 부재하는 '너'를 향한 사랑의 불가능성 때문에 스스로를 사랑하였다고 고백한다. 그렇게 '너'에게 들려줄 수 없는 노래를 부르면서 시인은 스스로를 애절하게 홀로 사랑했을 뿐이다. 이 외로된 홀로 사랑이야말로 "나를 내가 사랑하면 내가 사랑하는 네가 되는 기적이 올까" 하는 소망의 역설이 되어 준다. "너를 사랑하려는 연습"처럼 스스로를 오래도록 미치도록 사랑한 이 한없는 외사랑의 현장은 그 자체로 시인에게 사랑의 불가항력과 함께 "나와 함께 살아갈 문신을 새기는"(「내게도 용 문신을 새기는 밤이 오리라」) 시간이기도 했을 것이다. "목숨을 버리려는 각오 없는 사랑은 사랑이 아닙니다"(「코호트별에서」)라고 노래할 자격이 있는 몇 안 되는 시인으로서 김왕노는 지금도 "사랑으로 격정으로 치닫는 피를 잠재우며"(「사랑을 받는 동안」) 자신의 생을 가다듬고 있는 것이다. 그리고 이러한 열정과 열망은 다음 시편에 이르러 은폐된 형식으로 존재하는 시인의 삶을 고독과 두려움의 에너지를 통해 암시해준다. 조금 길지만 인용하기로 한다.

시도 때도 없이 이 도시에 안개가 자욱하다.
불확실의 대명사, 안개에 갇혀 발길이 느려지거나
처음 온 듯 사방이 낯설어져
벽을 짚고 서서 불안으로 울먹이는 사람도 있다.

백색 가루와 연대를 이룬 듯 몽환적이나 무력 군단으로
끝없이 침투하는 안개의 계엄군이여.

안개가 자욱하게 끼었다 걷힌 후에는
안개가 안개의 수갑을 채우고 가 버렸는지 사라진 사람
이 있었다.
사랑을 약탈해 가 버렸는지 안개가 걷힌 미루나무 숲에서
안개에 젖은 몸으로 뭔가를 찾아 날 선 풀잎에 종아리
가 베여
피가 흐르는 것도 모른 채 헤매던 영문과 출신 누나도
있었다.
안개는 먼발치의 샛강에서 몽환처럼 피어나야 한다.
안개는 스스로 실체를 밝히며 물고기 풍덩 뛰는 샛강
을 지나
풀물 들이듯 서서히 물들이며 와야 한다.
안개가 가진 폭력성은 안개가 걷힌 후 여기저기 충돌로
부서진 차와
새롭게 작성된 실종자의 명단으로 알 수 있다.

나의 추억엔 온통 안개가 자욱하다.
안개가 내린 함구령에 굴복하여 천천히 안개로 변해 가
던 몸뚱이
안개의 작은 미립자가 되어 흩어지던 꿈
내 등뼈를 따라 안개의 이파리가 돋아나 파닥이기도 했다.

나는 안개의 속도로 천천히 안개의 무리가 되어 갔고

안개에 둘러싸인 것이 두려워 한때는 울음을 터뜨렸으나

안개에 젖은 눈으로 안개에 뺏긴 넋으로 안개 중독자가
되어 갔다.

안개의 힘을 믿었고 안개의 나라를 꿈꾸었다.

누가 안개의 미립자로 흩어져 사라지는 것조차 몰랐다.

나는 소스라치게 놀라며 사방을 휘둘러보며 중얼거린다.

도대체 이 안개들이란

안개에서는 죽은 사람들의 냄새가 난다.

안개로 인해 우리는 얼마나 많은 무덤을 만들었으며

비문을 새겨야 했던가.

나는 오리무중 밖으로 안개 지대를 지나 충분히 왔다
했으나

아직 안개에 젖어 있다.

안개를 피해 지병을 앓는 사람처럼 먼 지방으로 가야 한다.

이곳에 뜨는 안개에 젖은 해와 별, 안개에 젖은 관공서가

아직 익숙치 않다.

지금도 나는 저 완강하고 강력한 안개가 두렵다.

나는 중얼거린다. 도대체 이 안개들이란

                —「도대체 이 안개들이란」 전문

이번 시집의 표제작이기도 한 이 시편은 시도 때도 없이 자욱하게 번져 가는 도시의 '안개'에 관한 기록이다. 안개에 둘러싸여 기록한 내면의 풍경첩이요 안개 속에서 내밀한 음성을 길어 올린 시인의 고백록이라 할 수 있을 것이다. 우리가 잘 알듯이, 문학사에서 안개의 상징은 드물지 않게 나타난 바 있다. 김승옥의 단편 「무진기행」이 제일 먼저 떠오르는데, 그는 "안개는 마치 이승에 한恨이 있어서 매일 밤 찾아오는 여귀女鬼가 뿜어내 놓은 입김과 같았다"면서 안개가 가지는 선명하고도 귀기스런 이미지를 탁월하게 조형해 놓았다. 기형도의 등단작 「안개」 역시 우리의 기억 깊은 곳에 존재한다. "아침저녁으로 샛강에 자욱히 안개가 낀다./ 안개는 그 읍의 명물이다/ 누구나 조금씩은 안개의 주식을 가지고 있다"라는 표현을 통해 그는 안개로 둘러싸인 공간에서 생성되고 소멸하는 온갖 욕망들에 대한 좌절과 분노를 보여 주었다. 이 모든 것이 순간적으로 존재하다가 사라져 버리는 안개의 속성을 한결같이 표상하고 있는 것이다. 그만큼 안개는 언제나 '불확실성의 대명사'가 아니었던가.

김왕노 시인은 안개에 갇혀 불안으로 울먹이는 사람을 바라보면서, 몽환적 무력 군단으로 침투해 온 "안개의 계엄군"에 의해 그러한 차단과 고립이 이루어졌다고 노래한다. 그렇게 안개가 끼었다 걷히면 사람이 사라지기도 했다. 안개는 역시 먼발치 샛강에서 몽환처럼 피어나 풀풀 들이듯 서서히 다가와야 제격이다. 그것이 안개가 시인의 추억 속에 자욱하게 남긴 시간을 보여 줄 것이기 때문이다. 시인은 언젠가 안개가 내린 함구령에 굴복하여 천천히 안개로 변해 갔다고 고백한다. 작은 미립자가 되어 흩어지던 꿈이 있었고 안개에 둘러싸인 것이 두려워 울음을 터뜨리기도 했다. 그러나 그 흐름을 따라 "안개 중독자"가 되어간 시인은 "도대체 이 안개들이란" 무엇인가를 끊임없이 물었다. "죽은 사람들의 냄새"와 "많은 무덤"을 환기하는 안개에 젖어 그렇게 지병을 앓는 사람처럼 먼 지방으로 가서 안개를 피하려 했지만, "이곳에 뜨는 안개에 젖은 해와 별"과 함께 아직은 "저 완강하고 강력한 안개"를 두려움 속에서 만나고 있을 뿐이다. 결국 이 안개들이란 '시인 김왕노'에게 사랑의 추억을 은폐하면서 동시에 가파른 생을 은유하는 공간이기도 할 것이다. "사방으로 흩어지는 목숨의 아름다움"(「러시안룰렛」)과 "내가 밑줄 그어야 할 세상의 모든 진실한 문장"(「참회록」)이 그 안에 모두 들어 있는 것이다.

이처럼 김왕노의 시는 사물과 내면 경험을 유추적으로 결합하면서, 그 과정에서 필연적으로 발생하는 사랑과 고독의 형상을 포착해 낸다. 그리고 그러한 형상을 통해서만 자신의 기억과 감각에 대해 발언하고 침묵하고 표상해 간다. 그래서 독자들은 그가 그리는 풍경과 그의 감각 사이에 놓인 비유의 그림자를 통해, 시인이 세계내적 존재로서 견지하려는 세계 이해 방식과 만나게 된다. 그 세계는 격정적인 채로 저만의 질서를 갖추고 있고 역동적 사랑의 지향을 품고 있기도 하다. 특유의 의미론적 투명성과 원활한 가독성을 결합하면서 펼쳐지는 이번 시집의 저류底流에는 이러한 사랑과 고독의 힘이 은은하게 고개를 내민다. 물론 그의 시에 등장하는 기표들은 한편으로는 스스로 물질성을 지니고 있고, 다른 한편으로는 시인의 경험적 세부를 증언하는 몫을 행사한다. 여기서 물질성이란 언어 자체가 일정한 질감과 속도를 지니고 있다는 것을 함의하는데, 그 질감과 속도를 한껏 따라가다 보면, 세계와 불화하면서도 따뜻하게 그것을 감싸 안으려는 시인의 의식과 흔연하게 만나게 된다. 이때 '안개'라는 차폐의 물질 또한 그의 사랑과 고독이 존재하는 방식을 잘 보여 준다 할 것이다. 불가능성과 불가피성을 아울러 가진 사랑의 형식이 그 안에 있는 것이다.

5. 가파른 시대에 맞서는 시적 항체

낱낱의 기억은 과거의 삶에 대한 사실적 재현이 아니라 '지금 여기'를 살아가는 이들의 현재적 욕망에 의해 선택되고 구성되는 원리가 되어 준다. 그 점에서 김왕노가 선택하고 구성하는 기억 역시 자신의 현재적 욕망과 깊이 연루되어 있을 것이다. 그의 시는 이러한 기억의 원리를 따라 세상이 살 만한 것이라는 사실을 근원적 터치로 보여 줌으로써 현재 자신의 예술적 지향인 사랑과 고독의 낭만적 시학을 하나하나 구현해 간다. 이는 그가 노래하는 가장 선명한 전언의 원형일 것이다. 그럼으로써 김왕노는 시간의 무게를 견디면서 시를 상상하고 쓰는 경험을 현재화해 간다. 자신의 시를 역사적 혹은 실존적 성찰의 사건으로 바꾸어 가는 것이다. 김왕노에게 시 쓰기란 이처럼 언어의 도구적 기능을 넘어 언어를 통해 역사와 실존에 가닿는 미학적 사건이 되어 준다. 시인은 그러한 사건을 통해 자신의 존재론을 아득하게 재생시켜 가고 있는 셈이다.

경전은 오동나무 경전이 최고지
해마다 할아버지 말씀
북벌하고 왜를 수장하라는 오래된 말씀
민족의 대과업에 대한 말씀
보랏빛 오동나무 꽃으로 뚝뚝 져 수놓는
마당은 새벽부터 펼쳐지는 경전이네

할아버지 이 좋은 봄날 창을 하며
저승길, 꿈이 아지랑이로 아질아질한 길
입주 한잔하시고 어깨춤도 추시며
허랑방탕하게 가셔도 좋은데
보랏빛 오동나무 꽃 말씀으로
까마득한 오동나무 가지 끝에서 뚝뚝 져
오늘도 또박또박
천 년의 경전, 오월의 경전을 쓰시네.

　　　　　　　　　　　　　　　　—「5월의 경전」 전문

시인은 오동나무를 '경전'으로 은유하면서 할아버지께서

언제나 하시던 "북벌하고 왜를 수장하라는" 민족 대과업의 말씀을 거듭 상기해 낸다. 보랏빛 오동나무 꽃이 떨어져 가득 채운 마당은 "새벽부터 펼쳐지는 경전"으로 다가온다. 말하자면 이러한 풍경은 할아버지께서 "꿈이 아지랑이로 아질아질한" 길에서 입주 한잔하시고 춤도 추시고 창도 하시며 가셔도 좋을 때를 공간적으로 암유暗喩한다. "보랏빛 오동나무 꽃 말씀"으로 뚝뚝 떨어져 또박또박 새겨지는 "천년의 경전, 오월의 경전"은 할아버지의 생애뿐만 아니라 우리 민족의 공동체적 기억의 한 자락을 보여 주는 역사적 투시의 사건이 되는 것이다. 그 기억 안에는 "모국어로 침묵하는 바위와 강물과 지평선과 천 년 소나무 숲"(「모국어」)의 시간이 있고, "강물 같은 편지지 위에 꽃잎처럼 떨어지는 아내의 따뜻한 눈물의 온기"(「코호트별에서 아내가 내간체로 편지를 쓴다」)도 새겨져 있을 것이다.

문득 숲에 들었다가 엄숙한 꽃잎의 장례를 본다.
분분히 휘날리는 꽃잎을 햇살이 염하고
바람이 조용히 안고 숲에 한 구 두 구 누이는 것을
곡비를 자청해 새는 숲이 흔들리도록 울고
나는 숲에 못 박힌 듯 오래 서서 두 손을 모았다.
　　　　　　　　　　　　　　　—「꽃잎의 장례」 전문

네가 그곳에 지고지순하게 피어났다는 것은
네게 파란만장이 있었다는 것, 엄동을 건넜다는 것

네가 피니 갈채와 감탄을 보내지만 네가 피기 전까지
겨울을 건너와 눈물에 뿌리 담그고
눈물의 힘으로 분열과 분열을 거듭해 피어났다는 것
어둠을 초월해 눈물 같은 이슬이 맺혀 피었다는 것
엄연히 꽃이 피었다는 말은
반드시 진다는 어두운 미래란 말도 되지만
네 뼈 마디마디마다 아리는 파란만장이 있었다는 것
내가 여기까지 온 것도 파란만장이 밀었다는 것

—「꽃에게」 전문

　이 아름다운 작품들은 시인의 실존을 감각적으로 드러내
준다. 숲에서 문득 바라본 "꽃잎의 장례"는 시인으로 하여
금 엄숙하게 생명과 죽음의 제의祭儀에 동참하게끔 해 주었
다. 분분히 낙화하는 꽃잎을 햇살이 염해 주고 바람이 안고
숲에 누이는 것을 바라본 시인은 곡비를 자청한 새의 울음
이 그들의 죽음을 완성하는 장면을 경험한 것이다. 숲에 못
박힌 듯 오래 서서 두 손을 모으는 시인의 모습이 우리의 삶
과 죽음을 그대로 은유하는 듯하다. 그런가 하면 꽃의 개화
를 두고 "그곳에 지고지순하게 피어났다는 것"이 바로 파란
만장의 증거라고 노래하는 시인은 엄동을 건너 눈물에 뿌리
담그고 눈물의 힘으로 피어난 꽃들을 증언한다. "어둠을 초
월해 눈물 같은 이슬이 맺혀" 피어난 꽃들은 "뼈 마디마디
마다 아리는 파란만장이 있었다는 것"을 보여 주는 것이다.
그와 동시에 시인은 스스로의 생애도 "파란만장이 밀었다는

것"을 환기한다. 이처럼 꽃의 낙화와 개화의 순환적 필연성은 "넘어지는 것이 낙법인 듯"(『울지 않으려고』)한 인생을 비유하면서 "반동의 힘을 얻을 밑바닥이 있을 거라는 것"(『굿모닝 블랙홀』)을 힘 있게 알려 준다. 모두 "중심을 허물처럼 벗었다는 것"(『아웃사이드에서』)을 암시해 주는 장면이 아닐 수 없다.

이처럼 김왕노의 시는 자연 사물과의 깊은 교감 속에서 씌어지고 있고, 그것들과 등량等量의 몫으로 삶의 진실을 발견해 가는 지혜를 보여 준다. 소소하고 작은 관성이 모여 이루어진 것처럼 보이는 삶이 제각기 역사와 실존의 몫으로 진행되어 간 흔적을 노래한 것이다. 우리 시대는 고도로 조직화된 제도에 의해 분배되는 시간의 균질성을 중요한 속성으로 삼고 있기 때문에, 이러한 힘에 의해 나타나는 가장 대표적인 현상이 바로 자기 소외가 된다. 이러한 소외를 파악하고 견디고 넘어서는 서정시의 활력을 통해 김왕노 시인은 사랑과 열정으로 자신만의 시적 차원을 도약해 가는 것이다. 그의 시는 이러한 시적 비전vision을 통해 가장 구체적인 발견의 경지로 나아감으로써 가파른 시대에 맞서는 시적 항체抗體를 길러 간 것이다.

두루 알다시피, 서정시는 명료한 의미에 머물지 않고 다양하기 이를 데 없는 해석 체계에 놓인다. 그럼으로써 자신의 의미망을 풍요롭게 넓히고 조정해 간다. 말하자면 그 의미는 상품 매뉴얼처럼 정연하게 완비되거나 수학 공식처럼 단일한 정답으로 귀일하지 않는다. 비교적 흐름이 안정

되어 있고 난해성과는 거리를 둔 작품이라 할지라도, 이러한 의미 해석의 원심력은 분명한 속성으로 나타난다. 더구나 최근 우리 시단에 낯설고 긴 언어를 도입하는 시편이 적지 않게 되었고 이를 통해 미학적 확충을 도모하려는 노력이 빈번하게 나타나고 있다는 점에서, 우리는 서정시의 원심적 속성이 정점에 달하는 시대를 살고 있다 해도 좋을 것이다. 그럼에도 김왕노의 시는 기억의 원리에 본원적으로 충실하면서 다양한 경험과 기억이 서정시의 불가피한 존재 증명으로 이어질 수 있다는 믿음을 보여 준다. 아닌 게 아니라 그는 난해성이나 장광설을 반영하지 않고 투명한 기억 속에 남은 대상을 재현하면서 그것을 사랑의 에너지로 다독여 가는 시편을 써 간다. 그것이 우리 시대에 지극한 위안과 성찰의 시간을 주는 것이고, 우리는 그러한 시편을 통해 소외를 견디고 삶을 돌아보게 되는 것이다. 이러한 세계를 투명하고 아름답게 온축해 낸 이번 시집의 상재를 거듭 축하드리면서, 앞으로도 김왕노 시인이 더욱 고유한 서정의 활력을 통해 큰 시인으로 도약해 가기를 희원해 마지 않는다.